U0080003

- 02 -

「喂，你想知道你什麼時候會死嗎？」

「當然不想。」

如果死期可以改變，我還有機會拯救自己，那我可能會勉為其難的聽一下。如果死亡無可避免，知道了死期我也只有含淚倒數的份，那麼我寧願在死前一刻保有我最後會得救的一絲幻想。

就算是死神親自來問我，我的答案也是一樣：不想，一點也不想。

更何況預告死期的只是個簡單到不行的網頁：

你的名字叫（空格），你的死亡時間是……【按我作測驗】

沒錯，這個網頁只需要填名字就能測死亡時間，網頁最下方還寫著「一起來製作更多測驗吧！☆」這種一看就知道半點依據也沒有的測驗誰要做呀！就算它說我會長命百歲也不會特別高興呀！

然而人總是有身不由己的時候，像是生了重病走不動時醫生前來宣告倒數，或是有穿了一身黑和服的嬌小少女拿著武士刀衝進你家，不然就是明明只是在餵流浪貓，貓卻突然恩將仇報詛咒你三天就會死，或者是……

有個美女在你耳朵旁邊輕聲的時候。

「做嘛……做嘛……我們都做了你也要一起做……」

我不由自主地在空格裡打下我的名字，按下測驗，得到的結果是……

杜湋哲，你的死亡時間是四天後。

距離你的死亡時間還有四天。

頭頂上的空調送風口轟一聲地響起，強力的冷氣吹得我寒毛直豎。

辦公室的空調總是忽冷忽熱，氣溫總是無法和薪資水平一樣維持恆久不變。身邊催促我作測驗的女性嘆了口氣，似乎說了些什麼，我沒聽清楚。

在那一瞬間我彷彿又回到了那個悶熱的午後，巷子的矮牆上站著一隻銀黑相間的貓，用很不客氣的口氣說：「喂！你三天之後就會死。」

我感覺到我的嘴角抽動了一下：這次、是四天後呀。

- 04 -

事實上，這不能算是故事的開始，因為這一切開始於貓對我說：「喂，你三天後會死」，那麼這一次也以我被預告會死作為開頭會比較洽當。

就像是童話故事總是會以「在很久很久以前……」當作起頭，我也以「有一個倒楣的人被預告X天會被死」開始這個故事吧……

沒錯，那個倒楣的人就是我。

那麼、把時間稍微倒推到約三個小時前……

時間：？地點：？

「快點醒來。」

「該是變身的時候了。」

我睜開眼睛。

貓的肉球不斷拍打我的臉，變成人型的定春站在一旁，兩隻貓都一臉嚴肅看著我。

「快點！再不變身就來不及了。」

「變身？」我有沒有聽錯？變什麼身呀？

- 05 -

「是的，現在只能夠變身了。」定春認真地回答。

「不要管那個慢吞吞的傢伙了，我們先來吧！」貓一掌推開我，跳離我身上時還不忘補上一腳。

我看著無比真實的貓，心裡冒出一個大大的問號——貓不是已經消失了嗎？想開口詢問，卻被眼前異常的光景震驚到說不出話來。

「為了守護柔軟的肉球！」

「為了可愛的蓬鬆長毛！」

貓和定春不知從哪掏出了眼鏡，舉起貓掌／手，用單腳站立，抬起另一隻腳擺出跳芭蕾舞的姿勢，華麗地做出黑天鵝三十二迴轉，身體隨著旋轉散發出光芒！

「柔軟的！」

「慵懶的！」

「在睡午覺的時間！」

「在整理毛的時候！」

在白光最亮的瞬間，貓和定春戴上了眼鏡，定春身上的衣服化為微小的光點……糟了！他的衣服要消失了！我還來不及遮住眼睛，定春一身的衣服已消失不見，所幸白光很巧妙的遮蔽了一切，我才沒看到不該看也不想看的東西。

在白光散去的同時，貓仍維持貓的形狀，身上卻換上了華麗的燕尾服，耳朵旁卻很不搭的多出了華麗的蝴蝶結。

維持人型的定春也定春也戴上了眼鏡，可愛的白色貓耳旁戴了女僕的荷葉邊髮圈，衣服則變成女僕裝，更該死的是這件女僕裝是標準的黑白配色，還有華麗的荷葉邊和有蕾絲裝飾的膝上襪，手上拿了一支花俏的逗貓棒。

緊接著貓以雙腳站立，擺出了螳螂拳的架勢，定春則是以逗貓棒代替西洋劍，擺出了擊劍的姿勢，另一隻手還不忘比出『耶』的手勢。

「代替——」

「代替——」

「軟綿綿之神懲罰你的喵！」

「軟綿綿之神懲罰你的喵！」

什麼跟什麼！為什麼是眼鏡！還有定春你明明是公的！為什麼要穿女僕裝！貓為什麼穿了燕尾服還要戴蝴蝶結？什麼叫作『——的喵！』文法錯了吧！還有最重要的……

為什麼要變身啊啊啊！

「喔呵呵呵呵！」

一個高八度的巫婆笑聲打斷了我的吐槽，緊接在笑聲後的是鞭子打擊在地上響亮的聲音。

「你們以為這樣打敗得了我嗎？小貓咪們。」

一個戴著皮製面具的女人走了出來，她身上的衣物除了過膝的亮皮長靴和皮手套外，全是用皮帶和扣環所纏繞而成的。

相對於這身異常的穿著，這位女王倒是留著一頭沒燙也沒染的黑色直髮。

「不行！打不贏！」貓垂下耳朵，退後了一步。

「唉……輸了。」定春懊惱地嘆了口氣，原本拿在手中的逗貓棒掉落在地。

等一下！你們剛剛有做什麼嗎？幹嘛隨隨便便認輸？還是說在我所沒察覺到的億分之一秒，你們進行了無比激烈的戰鬥？

「看來只好用那招了。」貓說完後充滿期待的看著我。

「本來不想用這招的。」定春搖了搖頭，轉頭看我。

「哪招？」我愣愣地問。

「合體技呀！」貓理所當然的回答。

定春眨著金色的大眼睛，又白又細的手指向我勾了勾，「來和我合體吧！」

「我不要！」先不論合體技到底是什麼東西，定春你一隻公貓幹嘛用那麼曖昧又誘人的聲音說這麼糟糕的內容！要不是我捏鼻子捏得快，我的鼻血差點就要噴出來了呀！

「等一下！你不想守護世界的和平嗎？」

幸好貓說的不是『守護軟綿綿的肉球』，不然我可能會不顧交情把貓踹飛。

「麻煩你另請高明。」

「等一下！你可是人王和妖精王唯一的後裔、那位傳說中的英雄的轉生呀！你不能辜負你生而為王的責任！」貓激動地說。

「快點！地球快要爆炸了！」定春催促。

沒關係，那美克星爆炸也花了很久（註1）。

「不要抗拒，合體技不會很難……只要喊幾句咒語就可以了！」

「什麼咒語？」不要太丟臉我可以考慮考慮。

貓靠在我耳邊悄悄說了幾句話，但才剛聽完第一句我的臉就紅了起來。

「不要！絕對不要！死都不要！」

「有什麼關係！必殺技就是這樣呀！」貓擺出過來人的樣子拍了拍我的肩膀：「大

家一開始都是很害羞的，但是大家還是拼命忍耐呀！（註2）」

你們這些台詞到底是從哪些漫畫學來的呀！貓看什麼漫畫呀！

「喝！」女王突然大喝一聲，邊後退邊做出防禦的姿勢：「沒用沒用沒用沒用！」

妳在沒用什麼！我們什麼都沒做呀！

「哼哼，看來只好拿出那招了……」女王氣喘吁吁地說。

到底是哪招呀！

「這才是我的真正能力！」

女王不知道為什麼原地旋轉了一圈，我已經完全不想反抗了，比較想閉著眼睛等待地球爆炸，來逃避這愚蠢的一切。

沒想到女王轉了一圈後，什麼都沒發生，沒有爆炸也沒有衝擊波，我猶豫了一下，決定睜開眼睛偷看一眼。

女王拿下了面具。面具下的是楠的臉孔。

搞、搞什麼鬼……為什麼會是楠？她為什麼……要打扮成這個樣子，大學畢業後……反而喜歡上角色扮演了嗎？我想用吐槽逃避心中真正的感覺，但是沒有用，我的想法斷斷續續，全身上下抖個不停。

貓和定春不知道在什麼時候消失了，只剩下楠站在我眼前抿著嘴唇瞪視著我。

楠用接近於哭泣的聲音，緩緩開口。

「那時你為什麼不來找我……」

楠舉起雙手，掐住我的頸子……

我無法克制地大叫。

「不要啊啊啊啊啊啊啊啊啊啊！」

「不要個頭啦！」

在聽到暴喝的同時，我的頭遭到重擊。

「中午午休時間幹嘛慘叫啊！」

我從睡夢中驚醒，一睜眼就見到一名有著俏麗短髮的女子高舉厚厚的稅法全書，柳眉倒豎地瞪著我。

「怡君，原諒我，我不是故意的……」我抱著頭後退，有滾輪的椅子撞到了辦公桌，怡君仍是步步進逼。

「管你是不是故意的！」怡君的濃眉皺在一塊，殺氣騰騰地揮舞稅法全書，「午睡時間是很珍貴的，好不容易睡著，被你這麼一叫死人都被你吵醒啦！」

「妳也被吵醒了，妳是死人嗎？」怡君身後浮現了一個蒼白而豔麗的臉孔，克拉拉用緩慢而沒有生氣的聲音說道：「不要吵了，我們去刷牙吧……」

「哼！」怡君嘟著嘴，跑回我旁邊的座位，拿起牙刷，和克拉拉手牽手前往廁所。

「呼，終於走了，說別人吵的自己總是吵的比別人更大聲……」我身後的阿德伸長手臂打了一個大大的哈欠。

「沒錯，痛死我了……」我說。

「好睏，那我也去撇尿了。」阿德慢吞吞的站起來，對我勾了勾手指：「怎麼樣？我們也一起去廁所吧？如果你希望的話，我也可以和你手牽手喔！」

雖然我也對於女孩子為什麼老是喜歡一起相約上廁所感到困惑，也曾懷疑女孩子是不是聽到彼此的「流水聲」會增進友情，但我並不會無聊到像阿德一樣拿這種事出來開玩笑，偏偏怡君又是個容易認真的人，每次聽到阿德開類似的玩笑一定會暴跳如雷。

「……怡君在的話她一定會斃了你。」我趴在桌上懶洋洋地說。

「哈哈，她那麼愛生氣就讓她多生點氣囉！」

這傢伙果然是天生欠揍，「快滾！」

阿德大笑兩聲就哼著歌向廁所走去。

阿德離開座位後，周圍一瞬間安靜下來，原本坐了四個人的辦公區域，頓時只剩我一個人。

這裡，果然還是平常的辦公室。

沒錯，我後面坐的是阿德，旁邊的是怡君，後面的是克拉拉。

沒有錯，這裡是現實世界。

四周一安靜下來，剛睡醒的昏沉重重襲擊了我，我沒力地趴回桌上，閉上眼的同時，腦海無預警地浮現了楠的臉孔。

「該死！」

在理智來得及反應之前，我的胃已經狠狠地扭轉在一起。

恍惚間又聞到了海洋的氣息，女孩子的長髮在眼前飄揚，還有偶然飄過的……

『貓』瞪著我的臉孔。

對了，第一次見到楠的時候，她的身邊也有貓。

大學二年級剛開學，我替我室友去停車場接學妹吃飯。

停車場有很多人，室友說學妹會穿白上衣和牛仔短褲，我找了一會，終於看有個頭髮很長、穿著打扮符合的女孩子蹲在花壇旁。

走近一看，發現她一臉專注地在和貓說話。

我想了想，決定不要打擾她和貓咪的交談。停車場人來人往，我聽不見她對貓說了什麼，只記得她小巧的嘴唇始終微微揚起。

手機聲響起，貓被嚇了一跳，跑進花壇深處。楠接起電話，我猜那通電話是我那不幸的室友打的，好向親愛的小學妹說自己遭受了何等的不幸——像是肚子痛到屁股離不開馬桶這一類的不幸——才無法陪她吃飯，只好請他室友——也就是在下我——出馬帶她遊高雄，最後不忘致上學長對她深刻的愛與無法相聚的遺憾。

我猜的果然沒錯，女孩掛了電話左顧右盼，看了我幾眼，才有些遲疑地向我走來。

「請問是……杜湋哲學長嗎？」

「嗯，學妹好。」

「學長好。」她說話時注視我的眼睛，說完很快地移開視線。

兩人一時間相對無言，我知道我該跟她說：「我的車停在那邊，走吧！」上了機車後她的胸部會靠著我的背，這樣我就能藉著身體距離的靠近來試著讓心靈更靠近。但我一看見她顫動的睫毛，我一時間竟捨不得開口；而她……我當然不知道她在想什麼。

貓走到花壇邊緣，開始撥沙，撥了四五下後，貓往前走了一步，在剛才挖出來的洞上方蹲了下來。

「那隻貓在做什麼？」我試著打破沉默，「為什麼表情這麼……害羞？」

她看了我一眼，表情有些奇怪。

「你上廁所時有兩個人盯著你看，你會不會害羞？」

「會，而且會上不出來。」我故作正經地說：「為了讓那隻貓不要有便秘的危機，妳還是趕快跟我走吧。」

她噗哧一笑，「好，我們走吧。」

離開前我回頭看了一眼，那隻貓依舊維持同樣的蹲姿，用很哀怨的眼光瞪著我。我忘了那隻貓的樣子，只隱約記得那是一隻灰黑色調的虎斑貓，回想起來，那隻便秘貓和「貓」似乎有點相似。

我和她之間的開始似乎有點搞笑，但這也沒什麼，不知道是誰說過：不是所有美麗的開頭都會有美麗的結局。

同理可證，不是所有搞笑的開頭都會有搞笑的結局。

第一日・週四・

週四・午休結束夢就醒了

這是一個充滿感傷和懷念的故事。

原本以為不會再見到少女的少年，多年後被有著少女外型的貓妖精所救，在相見的那一刻，少年再次失去了少女的蹤影。

這是在無垠的海洋、濕熱的海風以及銀白月光下所發生的青澀戀曲。

……原本我以為是這樣的。

至少，由我來寫這個故事的話，我會寫出這樣的開場。

但是……為什麼事情會變成這樣呢？

明明是如此青春的過往，到了最後卻……唉唉唉！

難道是作者原本的題材寫不出來，於是開始逃避現實轉而寫出了這樣的鬧劇？雖然說如果是我的話可能會這麼作啦……

唉。

現實果然不比電影，沒有什麼愛情喜劇、浪漫悲劇之類的定位，什麼事都有可能發生。

總之，我對楠的思念，在乒乒乓乓的巨大腳步聲下消失無蹤。

「喔！財會部有人在嗎？」

一聽到這渾厚的聲音，我立刻肅然起敬的站起，果然見到一個圓滾滾的老人家向財會部衝刺。來者乃是本公司第一號員工、本公司最高權力者、董事長、執行長……也就是全公司所有員工的老闆是也。

「老闆，請問有什麼……」我端起笑臉。

「等一下！」老闆大喝一聲：「這樣可以嗎！要是出了事誰負責呀！」

「老闆，不好意思，我不清楚你在說什麼……」

「這個呀！」老闆氣呼呼的甩著手上的請款單，指著上面的限繳日期：「這個不是今天就到期了嗎？要是沒繳的話罰金誰要賠呀！你嗎？你敢用薪水付嗎？你付得起嗎？」

老闆英明，果然是腹部的共鳴空間夠大，罵起人來特別有力，不但可以達到嚇唬員工的功效，還可以趁員工耳朵被震的嗡嗡作響時，給予員工致命的一擊。

「不好意思，請款單可以借我看一下嗎？」我誠惶誠恐地伸出雙手。

「拿去！看清楚你到底犯了多大的錯誤。」

我小心翼翼地拿過請款單，很快的就發現癥結所在。

第一、那張請款單根本不是我寫的。

第二、這筆錢根本已經繳了，為了趕上結帳期限，所以怡君才在上面寫了急件。

第三、那個罰款根本不到十塊。（這個我絕對付得起！）

第四、你才是那個該看清楚的傢伙吧！

第五、以上的四點我都不會說出來，身為人家的員工要能屈能伸，而且通常都只能屈。

「老闆，不好意思您可能沒看清楚，這份請款單已經……」

「不對不對，重點不在這裡！」

「這筆錢已經繳了，因為發票是這個月份的，我們趕著入帳才會寫上急件……」

「不行不行不行！凡事都要事先規劃，有規劃好就不會有急件！」

「寫上急件是為了趕上結帳……」

「你根本搞錯了！怎麼可以因為是月底就寫上急件，要是有罰款怎麼辦？這不符合Logic！」

我看不出裡面到底有什麼Logic（邏輯）的問題啦！我剛就說過錢已經繳了不會有

罰款啦！不要每次有什麼不滿就說人家不符合Logic好嗎！

雖然我很想說些什麼力挽狂瀾，但是老闆在說完「不符合Logic」的大絕招名稱後，就是滔滔不絕的瘋狂說教。

老闆有老闆的大絕招，我當然也有我的大絕招，不過那個大絕招名叫「大不了老子不幹了！」可惜我暫時還不想和薪水過不去，也只能在老闆說教時不時點頭答腔，表現出「屬下已知錯」的乖巧模樣，等待狂風暴雨離去。

等到我回過神時，老闆已經踏著沉重的腳步聲離開，怡君、克拉拉和阿德全圍繞在我身邊，用同情的眼光看著我。

「好可憐吶……生命力完全變成零了。」克拉拉細聲細氣地說。

「要不要幫你灑鹽去去穢氣？」阿德拍了拍我的肩膀：「兄弟我至少可以幫你做到這點！」

「你少來了！不要以為我剛剛沒看到你躲在旁邊不敢回座位！」

我一腳踹向阿德，阿德唉呀一聲逃回自己的座位。

怡君欲言又止的看了我一眼，回座位後對著鍵盤霹靂啪啦的打字。

一坐下來，怡君就傳來msn訊息。

怡君・結帳衝刺：「那張請款單是我寫的吧？不好意思害你被罵了，Sorry。」

阿哲：「沒差啦，又不是妳的錯，是他弄錯了，所以不用介意。」

怡君・結帳衝刺：「可是……」

阿哲：「幹嘛這麼客氣！很不像妳喔！」

這時克拉拉也傳來訊息。

克拉拉★我果然是禍害：「為了提振你的精神，來作心理測驗吧！」

作心理測驗為什麼會提振精神？

我忍住吐槽的衝動，點開了克拉拉傳來的網址。

你的名字叫（空格），你的死亡時間是……【按我作測驗】

……知道自己什麼時候會死為什麼會提振精神呀！

「你做了嗎？你多久以後會死呀？」克拉拉走到我的座位旁，一臉期待地看著我……是說她到底在期待什麼呀？

「我不想做。」我移動滑鼠想關掉網頁。

克拉拉用食指輕輕按住我的手，低下頭在我耳邊輕輕說道：「做嘛……做嘛……我們都做了你也要一起做……」

嗚、她的頭髮搔到我的頸子了，耳朵好癢，她不會是在對我吹氣吧……不知不覺中，我已經在空白處打下我的名字，把滑鼠移到「測驗」上時我突然清醒過來：「我根本不想做這個測驗呀！」

「為什麼不想做？你該不會是怕知道自己什麼時候會死吧？」怡君挑眉。

「克拉拉妳幹嘛在那邊說什麼『做嘛、做嘛』，不知道的人還以為你們要做什麼愛做……啊！」

阿德的糟糕發言換來怡君狠狠的一踩。

「很痛耶！妳又用高跟鞋踩我！換一招好嗎？」

「誰叫你學不乖，每次都愛說一些有的沒的。」

「你們兩個……」

克拉拉趁著我的注意力被被轉移的時候，搶過我的滑鼠按下測驗。

「答啦~阿哲究竟什麼時候會死呢？」克拉拉愉快地宣佈答案：「阿哲先生，你的死亡時間是……」

克拉拉臉上的笑容突然僵住，我、阿德和怡君不約而同的轉頭看向螢幕。

杜瑋哲，你的死亡時間是四天後。

距離你的死亡時間還有四天。

克拉拉尷尬地笑了笑：「……這個測驗大概跟倒店大拍賣的店一樣，永遠都是特價最後一天，說不定你明天做後天做也都是四天後會死，啊哈哈……」

可是我以前有看過倒店大拍賣真的倒了。

阿德一臉嚴肅地拍了拍我的肩膀：「我會想念你的，可以先把錢都轉到我戶頭嗎？」

你真的有想要安慰我的意思嗎？

「這個測驗會不會故意作成大家都很快就會死了？」怡君努力安慰我：「像我的就是六十年。」

六十年哪裡快了？再說妳以為妳幾歲呀？六十年後就八十好幾了好嗎！這樣已經超

過平均壽命了！

「應該不是喔……測驗說我還有一千多年才會死。」阿德默默舉手。

「贏了！我是兩千多年。」克拉拉得意地大笑。

你們兩個都是禍害！禍害遺千年的那種禍害！

「你們不要欺負阿哲了啦！說到四天後……」怡君翻了翻桌上的桌曆：「四天後應該是五號，那天要付薪水，這個月輪到你做出納吧？」

「對呀！怎麼了？」

「請務必付完薪水再去死。」怡君推了推紅色的粗框眼鏡：「反正薪水沒付出去你也差不多死定了！」

好過份！妳才是欺負我欺負得最嚴重的一個吧！

「哇哈哈哈哈！我來跟你們說一個小故事吧！」

一聽見老闆大人中氣十足的聲音，圍繞在我旁邊的三個人瞬間蹲下，以不讓頭部超過隔板、被老闆看到大家聚在一起聊天為最高原則，三人連滾帶爬連蹲帶走的回到各自的座位。

克拉拉一回座位，開始擺弄放在隔板上的鏡子。

克拉拉的座位上有很多面鏡子，有些還直接夾在隔板上，一開始我還覺得這女人真自戀，動不動就照鏡子，八成是那種會在家照鏡子然後發出「喔齁齁」的笑聲然後說「克拉拉今天也很美麗！」的自戀狂，沒想到這些鏡子大有用途。

「怎麼樣？看到了沒？」怡君小聲地問。

克拉拉專注地調整鏡子的角度：「看到了……YES！老闆進會議室了！看起來應該是在面試……危機解除！」

沒錯！克拉拉的鏡子是當作後照鏡在用的，只要瞄一瞄鏡子就可以在第一時間發現有人從後方偷窺、或是調整角度主動偷窺別人，可以說是一鏡多用、防窺偷窺兩相宜！

「妳有看到老闆和幾個人面試嗎？嘿嘿，老闆一面試不在裡面說一個小時的小故事是不會出來的……」阿德蹺起二郎腿，點開網頁，開始鬼混。

「別鬧了，我們還有一堆帳還沒入呢！」怡君把一疊請款單重重的放在阿德桌上：「既然你有空上網，那就全交給你吧！」

「這疊也拜託你了。」克拉拉不忘落井下石。

阿德發出哀嚎，卻又不敢違背怡君和克拉拉的意思，只好可憐兮兮地向我求救：「阿哲！救我！」

好啦……阿德你再瘦個十公斤可能會是個帥哥，你現在也勉強可以算是發福邊緣的帥哥，可是你就算這樣看著我也沒用！我是男的！我不可能會被你迷惑！

我露出慈祥的微笑對他搖搖頭，指向桌上厚厚一疊的請款單：「施主，請多珍重，老衲亦自身難保。」

入完手邊的請款單，印出傳票，把請款單後面的單據蓋上付迄章，再把所有的東西釘在一起，原本雜亂無章的請款單成了一疊整齊的傳票——這就是我奮鬥了兩小時的結果。

好充實……但也好空虛啊！

趁大家都不在座位上，我偷偷打開先前測驗死亡時間的網頁，打上我的名字，深吸了一口氣……按下【測驗】。

杜瑋哲，你的死亡時間是三又十二分之十一天後。

距離你的死亡時間還有三又十二分之十一天。

「靠！」不但時間沒增加，竟然還減少了？還有這個十二分之十一天是怎麼回事？兩小時就兩小時有必要搞得這麼複雜嗎？

等等，從剛剛作測驗到現在……不就正好過了兩個小時嗎？

「你．為．什．麼．大．叫？」克拉拉的聲音自我背後響起。

「沒事！」我關掉網頁：「我、我去上廁所了。」

說完我就用最快的速度衝向廁所，直到我站在小便斗前，我才忽然想到……

我到底在心虛什麼？我只是重做一次測驗呀！又不是在做什麼害羞的事，不管是誰做出「四天後就會死」這種結果都會很在意吧！更何況我之前有被「貓」預言三天後就會死的經驗（而且還真的快死了），難免會對這種事比較敏感呀！

從那件事之後，我就再也沒見過「貓」了，不管怎麼找都找不到。

我嘆了口氣，拉下拉鍊，一陣風從上方吹來。我抬起頭，廁所的窗戶大開，風是從窗戶吹進來的。

奇怪，我記得這裡的窗戶是外推式的，只能往外推開十公分左右，為什麼現在縫隙大到可以擠一個人……

窗外突然閃過一張臉，眨眼間我只看見白影一閃，窗外一陣強烈的氣流往我的方向吹來，某個白白軟軟的東西朝我直衝而來——

「嗚！」我被不明白影撞得往後退了幾步，撞上廁所的門，廁所門「碰」地被撞開，我抱緊白影的身軀一屁股坐上馬桶蓋，才終於停了下來。

我無奈地看著胸前之「人」雪白蓬鬆的毛髮和其中的貓耳，嘆了口氣。

「定春，你來幹嘛？為什麼要化為人型？」

懷中的定春動了動耳朵，金色的貓眼可憐兮兮地眨了眨，才發出有如貓叫一般的聲音：「你願意幫我嗎？」

「願意……嗚！」

定春一把抓住我的領子往下拉，那張令人窒息的美麗臉孔越來越近、越來越近……

恍惚中我聽見男廁大門被推開的聲音，不、不行……這個樣子不能被其他人看到！

「科技公司驚見四腳獸」、「廁所裡的角色扮演」、「忍不住了！就在廁所吧！」之類亂七八糟的新聞標題浮現在我的腦海，我抓住腦中的最後一絲清明，用腳踢上門，這時定春的鼻尖擦過我的臉頰。

我的頭腦一片空白。

「呼、舒服。」定春鬆開我的領子，意猶未盡地舔了舔嘴角。

不過是提供記憶給你，為什麼要說出這活像是抽了事後煙後才會說的台詞？我埋怨地瞪了定春一眼，小聲說：「別說話，小心被外面的人聽到。」

「外面的人已經走了。」

補充完記憶後，定春不再顯得虛弱無力，蓬鬆的貓尾巴高高舉起，一雙妖豔的金眼比平時亮了幾分：「什麼是事後煙？四腳獸又是什麼？」

……我要怎麼跟兩歲的貓妖精解釋這麼複雜的問題？

定春歪著頭繼續問：「事後煙是變成四腳獸之後才要抽的嗎？」

「正確來說是變成四腳獸後又變回兩腳獸的階段抽的……等一下，我剛剛應該沒說出事後煙和四腳獸這兩個詞吧？你有讀心術？」

定春突然靠過來，稍微帶有一點粉色的鼻頭湊到我面前：「靠得這麼近，你在想什麼我都聞得一．清．二．楚！」

他是公貓他是公貓他是公貓……雖然定春的人形是我夢寐以求的貓耳美少女，但他的本體還是一隻公的波斯貓……

「你找我有什麼事？」我推開定春。這隻懶洋洋愛睡覺又怕麻煩的波斯貓沒事絕對不會大老遠的跑來找我，絕對是來者不善、善者不來呀！

「找你補充記憶……」定春打了個哈欠：「剛剛差點變回貓型了。」

人的記憶是妖精的力量來源，妖精能吃人們的記憶，當然也能讀取人們的記憶，因此我不管想什麼在定春面前都無所遁形。

妖精亦能藉由人類的記憶展現各式各樣不同的能力，身為貓妖精的定春需要足夠的記憶才能維持人型。

根據「貓」和定春的說法，我的想像力特別豐富，記憶也特別詳細，是貓咪的上好糧食，所以定春不時會來找我吸取「記憶&想像」來補充能量。簡單的說，定春要維持人型需要有充沛的「魔力（記憶）」，而我就是負責補充「魔力（記憶）」的人。

「沒辦法維持人型為什麼不待在家？大老遠跑來這裡幹嘛？」我問。

定春長長的尾巴開始搖晃，粉色的小嘴吐出驚人的三個字：「來抓姦。」

「啥？」抓姦？這隻波斯貓真的知道抓姦是什麼意思嗎？

「最近小文回家時身上都有野貓的味道。」定春皺起鼻子。

小文是我的鄰居，也是定春的御用貓奴……不，主人。她的公司也在這棟大樓。我和小文所在的大樓是專門租用給科技公司的大樓，專業一點的術語是高層廠房，出入都需要刷門禁卡，按道理來說應該不會有阿貓阿狗跑進來才對。

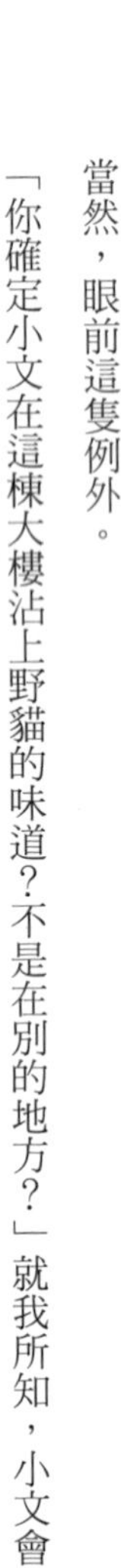

當然，眼前這隻例外。

「你確定小文在這棟大樓沾上野貓的味道？不是在別的地方？」就我所知，小文會隨身攜帶貓糧看到流浪貓就餵，在哪裡沾上野貓的氣味都不奇怪。

定春點頭表示確定。

「你為什麼知道？你讀了小文的記憶？」我好奇地問。

「我跟蹤她。」

「跟蹤？」什麼跟什麼呀？

「跟蹤就是……一直跟在她身邊。」定春瞇細的金眼帶有些許鄙視的味道，彷彿在訴說——你連跟蹤是什麼也不懂？「不管是上班、吃飯、午休……就算爬進通風管，也要從冷氣的風口看著她……」

這、這就是傳說中的跟蹤狂嗎？我不禁打了個冷顫。

據我所知，小文月初加班加得很兇，一天至少有十二小時在公司，定春要全程跟蹤想必得耗不少體力（聽說貓一天至少要睡十六個小時），這也難怪牠剛才出現時一臉快不行的樣子。

「你為什麼特別在意這隻野貓？」我有些好奇。

我會和「貓」相遇，也是因為小文的關係，我記得當時定春對「貓」沒什麼敵意，為什麼這次反應這麼激烈？

「因為……」定春停頓了一下，「那隻野貓是妖精。」

「是……『貓』嗎？」

定春一臉抱歉地搖了搖頭：「不是，對不起。」

「幹嘛說對不起，我本來就不覺得會這麼容易找到。」

我拍了拍定春的頭，牠蓬鬆的白髮一如貓咪狀態時柔順。定春低著頭，從長長的白色睫毛偷看我的表情——這傢伙、難不成怕我會難過嗎？

我心情有些複雜地揉了揉定春的耳根，揉著揉著手中的貓耳開始微微發熱，雪白的耳朵尖端染上了粉紅色，定春的喉間開始發出呼嚕呼嚕的聲音……

「哼！」定春一言不發地踹開廁所的門，大步走出男廁，邊走邊發出呼嚕聲。

「等等！定春你先別走！你這樣走出去會被別人看到呀！」

「貓耳娘化身四腳獸」、「有沒有在廁所角色扮演的八卦？」等亂七八糟的標題有如走馬燈般閃過我的腦海，我追在定春身後跑出男廁。

定春腳步一頓，弓身跳起，眨眼間就不見貓影，我抬頭尋找定春的蹤影，終於在牆壁的角落看到一方白影。

「小心。」有人從後面扶住我的肩膀，這聲音熟悉的不能再熟悉，我不用轉頭確認也知道是誰……

我竟然撞上從女廁走出來的小文！

「再退後你就走進女生廁所囉！」綁著馬尾的小文露出調皮的表情：「你覺得我要叫色狼嗎？」

「當然不要。」我不著痕跡的退後一步，和小文保持異性交談時的適當距離，還是無法避免的聞到小文洗髮精的香味。

回想起來，我會在廁所遇到小文並不奇怪。我和她的第一次正式見面就是在廁所前，也許是上廁所的頻率相同，一天總是會在廁所遇到她三四次。

其實我和小文並不是同一間公司的同事，為什麼會不斷在廁所相遇呢？

這並不是因為廁所之神所賜予的緣份，而是因為敝公司的財力只夠租下一層半的廠房。資管、生管、工程部門在三樓，財會、行政和行銷部門在六樓，六樓另外一半則由小文的公司所租用，我和小文的公司共用廁所和後面的公共區域。

「對了，剛剛你是在叫定春嗎？」小文粗框眼鏡後的眼睛閃爍著好奇的光芒。

「不是，我是說等一下要記得做『定存』……」我用眼角餘光瞄向天花板，才一眨眼的時間定春就已面朝下、呈大字型貼在天花板上。

小文抬腕看了看手錶，「已經過三點半了耶！今天還能做定存嗎？」

「沒有啦！我是明天才要做的……」

「哈哈，看來你也忙昏頭了。我月初也超忙的，恐怕連假日都得加班了。」

「真是辛苦了。」我說。

「唉，還不是為了混口飯吃，就是怕定春待在家裡會覺得寂寞。說出來你可能會笑我……」小文單手捧頰，用夢幻的口氣說道：「雖然我這幾天一直加班，但我常常感覺到定春就在我身邊，好像牠正在看著我一樣，做起事來也更有幹勁了。」

不！不是好像！定春是真的在某處看著妳啊！

看著眼前因為感覺到寵物視線而心花朵朵開的小文，以及以忍者的架勢蜘蛛人的氣勢貼在天花板上的貓妖精，我頓時覺得十分無力。

「我先去忙了，掰。」

「報表的數字對不起來啊啊啊啊！」怡君抱頭慘叫。

我安慰怡君：「別激動，剛開始做時數字會對不起來很正常，沒有數字會對的期待就不會有數字不對的傷害呀！」這就是所謂的沒有希望就不會失望呀！

「問題是我什麼都沒動，條件和資料都沒改，跑了三次報表數字都不一樣啊！這個報表跑一次就要二十分鐘耶！二十分鐘！我跑了一個小時答案就是一個不平！還我一小時的青春呀！」怡君看起來快翻桌了！

「嗯……看來是系統的問題，還是去問MIS（註3）的老大到底發生了什麼事吧？」

「我剛問過了，老大也找不出原因。」怡君的聲音聽起來就快崩潰了：「報表不平、不平、就是不平呀！」

「乖，總是會有辦法的。」阿德走上前拍了拍怡君的肩膀：「妳會不會覺得……要是數字能和胸部一樣平就好了？」

……有人死定了！

「啊！這張繳款單怎麼寫錯了！」我抓起桌上隨便一張繳款單，用最快的速度離開位置，以免遭到池魚之殃或躺著也中槍。

果不其然，我一離開座位就聽到阿德的慘叫，根據慘叫的淒厲程度推斷，阿德應該是腳趾被高跟鞋的鞋跟踩到。

我實在不懂阿德為何如此樂於做能激怒克拉拉和怡君的事。我曾懷疑阿德這麼做是基於小學生的心理——喜歡誰就欺負誰，畢竟克拉拉是全公司公認的大美人，怡君也是個大眼正妹，阿德對哪個有意思都不奇怪；不然就是這傢伙天生欠揍，一天不惹幾個人生氣就渾身不痛快。

依我的了解，女性對胸部尺寸的執著雖然比不上男性對某部位尺寸的執著，但被男人說自己太平會生氣也很正常，所以……兄弟，你就安心的去吧！

我遙望財會處的方位替阿德默哀，耳邊突然傳來詭異的細語聲，一個淡綠色的光點自眼角閃過。

咦？剛剛那是什麼？我困惑地往光點的去向看去。

什麼都沒有，難道是電腦盯太久眼花了嗎？

我揉了揉隱隱作痛的頭，往前走去。

回過神來，我已經走進了傳票室……不對、我來傳票室幹嘛？

「喵、你來了。」定春中性的嗓音自上方傳來。

抬頭一看，定春正以讓人聯想到忍者的姿勢攀在天花板上，我趕緊關上傳票室的門。

傳票室是專屬於財會部門的小房間，專門用來存放傳票，只有財會部門的人會進來，因此成了財會部打混、打盹、打私人電話的最佳場所。

阿德曾說過這裡只差個門鎖就是偷情的好場所，從此克拉拉和怡君都不願意和阿德同處傳票室，真是言多必失的最佳證明。

確認傳票室沒其他人後，我對定春招手：「沒人了，下來吧。」

「嗯。」定春輕巧地躍下，落地時幾乎沒有任何聲音。

有著宛如美少女的外型的貓妖精大步走到我面前，一把抓住我的領子，在我耳邊聞了聞：「有妖精的味道。」然後……

打了個噴嚏。

定春用手背抹了抹鼻子，「討厭，最近鼻子好癢，好像有點鼻塞。」

……所以你的鼻子到底靈不靈呀！

還有幸好我剛剛閃得快，差點就被你的鼻涕噴個正著呀！

我在櫃子裡找到一包面紙，抽了兩張遞給定春。定春愣了一下，無視小巧的鼻孔旁掛著一條晶瑩剔透的鼻涕，小心翼翼地把面紙放在頭頂。

「你不會用衛生紙嗎？」我嘆了口氣，一把搶過衛生紙幫定春抹了抹鼻子：「就算沒自己用過，也看過小文用過吧？」

「她都把衛生紙放我頭上。」定春萬分委屈地說。

這麼一說，我好像在小文的部落格看過定春頭上頂著衛生紙偽裝成村姑、或是定春背上放衛生紙偽裝成老式面紙盒的照片。是的，就是那種作成貴賓狗或波斯貓形狀的毛絨絨面紙套……小文妳平常都在對這隻貓做什麼呀？

「你怎麼進來這裡的？沒被別人看到吧？」我問。

定春伸出一根手指指向上方。天花板的板子被拿走了一格，露出後面的空調管路，看來這幾天定春都利用天花板上的空間移動。

「我為什麼不知不覺間就走來這裡了？你做了什麼嗎？」

定春眨了眨眼睛，說：「我呼喚你。」

「呼喚？」

「把對這裡的印象植入你的記憶……之類的。」定春露出「本來想好好解釋、但好麻煩還是算了」的表情。

這麼一說，剛才在走路時我的腦海好像浮現了傳票室的影像，所以我才會不知不覺間走來這裡嗎？

我衝向前握住定春的手：「你可以把發獎金的念頭植入老闆的記憶嗎？」

「獎金是什麼？可以吃嗎？」定春歪頭問道。

「當然可以吃！不然你以為你的貓食是哪邊來的？都是你主人辛辛苦苦賺的薪水和獎金買的呀！」見定春一臉無動於衷的模樣，我決定轉移話題：「先不提這個，你剛剛說我身上有妖精的味道？是什麼妖精的味道？」

「味道很淡，聞不出來。」定春吸了吸鼻子：「不過不是貓妖精。」

我剛剛看見的光點真的是妖精？在解決科學園區的胎動之後，在園區出沒的妖精減少了不少，但我仍不時可以看見像是妖精的模糊光影。只要那光點沒有惡意，就算是妖精也不是什麼大不了的事。

「那你找我來這裡幹嘛？你不是要時時刻刻緊盯小文嗎？」

「小文去開會了，我很無聊，又不能睡……而且你好像有事要問我？」

你根本只是無聊吧，「對了！你之前說過貓妖精多少能知道人們短期的命運，我這幾天會死嗎？」

定春皺起眉頭，從上到下仔細地掃視一遍。

「怎麼樣？」我有些緊張地問。

定春搖了搖頭，「沒看出來。」

我鬆了口氣，「太好了，心理測驗果然是騙人的！」

「大概是沒死成……不然就是拖了很久才死。」說完定春才像突然想到似地補充一句：「別擔心。」

被這麼說誰不會擔心啊！

「總而言之，你現在看不出我會遭遇死亡或是有可能會導致死亡的跡象？」我試著問仔細一點，免得定春會錯意，事關我的生死，不可不慎呀！

「現在沒有，以後還會不會就不一定了。」

後面那句不用說也沒關係，真的。

好吧，既然定春不知道什麼叫委婉，那麼牠應該也不會說謊，這件事繼續問下去也不會有什麼結果。我轉而詢問定春來此的目的：「你有成功抓姦……看到那隻野貓了嗎？」

定春眉頭皺起，「沒有。」

「你跟蹤三天都沒看到那隻貓長什麼樣子？」

定春用力地搖頭，「有聞到牠的味道，但我趕到時貓就不見了……哼，我倒要看看這隻野貓長得是有多可愛……」

定春雙眼一瞇，金眸爆出殺氣，聲音漸漸變得急促。

「牠的毛有我蓬鬆嗎？牠的肉球有我的肉球可愛嗎？牠的肉球有我的肉球鬆軟嗎？我的肉球可是天下無敵的粉紅色肉球！牠怎麼可能贏得過我！」

原來貓的自尊是建立在肉球上，而不是毛色或是尾巴的長度呀！

我正想說些話安慰這隻因為主人花心而感到落寞的波斯貓，不過我該說什麼才能安慰牠呢？

「我也很喜歡你的肉球。」聽起來挺變態的。

「你一定比那隻野貓可愛！」依據在哪裡呀？

我還沒想到該說什麼，定春突然動了動耳朵。

「我聞到野貓的騷味了！」

話還沒說完，定春就迅速地跳進天花板的洞，闔上格板，抓姦去也。

「我剛在後面看到一隻小貓，小小的好可愛喔！」

經過人資部門時，我聽見詩涵提到了貓，不由得豎起耳朵。

「那隻小貓是不是虎斑花紋的？我好像也看過耶！」一個我忘了叫什麼名字的新人美眉說道。

「我本來想摸牠，可惜牠一下子就跑掉了。」

「我上次也沒摸到，轉個彎就不知道跑到哪去了，我找了半天，結果遇到了測試部門的那個偉哥，被纏著講話講好久。」

「他喔……」

接下來詩涵和新人轉而討論公司哪個男同事看起來比較色的話題，我判斷不方便繼續偷聽下去，免得聽到傷人的答案，快步走回自己的座位。

一回到座位，分機就響了，我接起電話：「喂，這裡是財會部，請問……」

「喂，我偉哥啦！」熟悉的聲音從電話的另一端傳來。

「幹嘛？」一聽到是測試部門自稱把妹達人但從來沒成功的偉哥，我原本愉悅的營業用語調瞬間低了八度：「我在忙沒空陪你喇賽。」

「幹嘛這樣！你很現實耶！不過我們都這麼熟了所以我不會介意啦！」

「因為對你太好你會講個不停。」就像現在這樣，趕也趕不走呀！

「厚！我是打來關心你的耶！」

「啥？」

「你今天不是被老闆ㄉㄧㄤ嗎？我很擔心你呀！」

「還好啦……我早就被ㄉㄧㄤ習慣了。」我嘆了口氣，知道一時三刻無法阻止偉哥，我用肩膀夾住話筒，上網路銀行對帳。

「好啦！不打擾你了！我也要去忙了！我剛在MSN上丟了一個東西給你，好好發洩一下吧！嘿嘿！」

「嘿嘿什麼啦！」偉哥的『發洩』和『嘿嘿』讓我顫抖了一下，正想問清楚，偉哥就已經掛斷了電話。

我打開偉哥的MSN視窗，只看到一個不知道是啥東西的連結，點進去突然跳出了一個辦公室的畫面，上面寫了大大的三個字『揍老闆』。

這啥鬼呀？

反正已經接近下班時間了，我坦蕩蕩的戴上了耳機，點了中間的『開始』。

從早到晚都盯著螢幕，視線不知不覺變得很模糊，他拿下眼鏡，揉了揉眼睛，無法抗拒誘惑的瞇了眼睛。

老闆自隔屏後冒出，他想開口招呼，老闆已先一步用國罵代替招呼，手上揮舞著他熬夜趕出的報告。

「這什麼東西這垃圾嗎你到底有沒有sense啊你！你的豬腦袋只想得出這種垃圾嗎？」

老闆邊罵著，邊用筆在報告上用力地打叉，叉叉叉叉叉，筆尖一次又一次戳向無辜的A4紙，都快把那疊紙戳出個洞來。

那支筆，要是拿來戳在他的腦門要戳幾次才能戳穿呢？大釘書機可以釘住那老頭的嘴巴嗎？裁紙刀如果用來……

他的視線遊走在各個有可能成為兇器的辦公用品上。

○※●◇◆▼⊿⊙⊕！

老頭又是一陣痛罵，啪地一聲，把手上那疊被嫌得一文不值的報告砸在他頭上。

他的視線移向了桌上的剪刀……

一撮軟軟涼涼的毛髮垂在我的頸上，有人在我身後輕輕的吐氣。

「……變……態……」

「哇！」我嚇得跳了起來！

「嘿嘿。」克拉拉笑吟吟地看著我，一頭長及腰部的頭髮搭配上蒼白的臉色和病態的紅唇，再加上她老是穿著輕飄飄的紅衣，讓克拉拉活像出現在聊齋的美豔女鬼，加班加到深夜時常會被她嚇到。

「會這麼做的才是變態吧！」我說。

「啦啦啦～」克拉拉完全不理會我的指責，哼著歌回到辦公桌前。

我站起來伸了個懶腰，瞄了克拉拉的螢幕一眼，發現畫面上的辦公室和小人似曾相識，可憐的小職員正被油頭老闆痛罵，克拉拉移動滑鼠，毫不猶豫地點選了美工刀。

小職員快速地自筆筒拔出美工刀，推出刀刃，以居合斬的架勢砍向油頭老闆，那個不幸的油頭老闆一開始還摸不著頭緒，隨後鮮紅的血就像瀑布一樣噴灑了整個辦公室……

「妳這個變態！」我說。

「我是呀。」克拉拉舉手比「耶」，然後繼續用其他辦公用品對老闆進行天誅，邊玩邊發出滿足的笑聲，實在是金變態。

單論容貌，克拉拉在敝公司絕對可以排上前三甲，但她進入公司已超過一年，至今仍小姑獨處乏人問津是有原因的。

克拉拉剛進公司時超級熱門，有兩個工程師還差點為了誰能約她出去打起來，但自從發生了某件事之後，那些想追求她的人便為之怯步。

克拉拉剛進公司時，大家為了證明舊人對新人的熱烈歡迎，幾個工程師召集大家到某個同事的公寓吃火鍋，還有熱心的男同事殺去南寮買海產為大家加菜。

這時問題來了，海產越新鮮越好吃，最新鮮的海產就是活著的海產，當要開始料理時，幾個大男人對著洗手台不斷掙扎的螃蟹愁眉不展。

「煮螃蟹前是不是該先切塊？要切塊就是要先殺、殺、殺了螃蟹吧！老子長這麼大還沒殺過螃蟹呀！」

以上當然是設計對白，總之幾個大男人正不知如何是好時，克拉拉這個嬌俏的新人、大家心目中的夢中情人，發出「閃開！讓專業的來！」的驚人氣勢一把推開洗手台旁的男同事，舉起鐵筷，對準螃蟹的嘴用力一戳，螃蟹掙扎了兩下就不動了，克拉拉舉起菜刀，三兩下就把螃蟹剁成數塊。

緊接著克拉拉手中的菜刀轉向一旁沒死透的鮮魚，把還在微微跳動的魚從頭切下一刀兩斷！

男同事互看一眼決定將廚房交給專業的克拉拉，沒想到克拉拉把手上的菜刀用熟練的手法轉了兩圈，嫣然一笑：「我不會煮，我只會剁，也只喜歡剁。」

說完還瞄了瞄男同事的腰際兩眼，把菜刀丟在砧板上，甩著頭髮離去。

我沒目睹到這歷史的一刻，那時我人在客廳一邊看電視一邊思考男人想看正妹吃螃蟹是什麼心態，他們有沒有考慮過不管是正妹歪妹吃螃蟹可能都不會很雅觀這個問題。還沒想出結果，就看見男同事們慘白著臉走出廚房，吃飯時還特地選了離克拉拉最遠的位置。

從此克拉拉小姐威名遠播、人氣直直落。

「嗚呼呼呼、去死吧！」克拉拉這次選擇了電腦主機，遊戲中的小職員抬起主機反覆撞擊老闆。

「喂，要是有什麼煩惱要跟我說喔。」看她這樣子實在有點擔心，我不想在平靜的辦公室看到虐殺現場呀！至少不希望那個被虐殺的人是我呀！

克拉拉拍了拍我的肩。

「醉的人都說他沒有醉，所以會玩這種變態小遊戲的人，都是能把壓力發洩出來的人……你在玩格鬥遊戲時不會一邊玩一邊說『XXX去死嗎？』都是同樣的道理呀。」

「妳只是想把妳的變態合理化吧？」

「少來了，你真的不會大叫『XXX去死』嗎？」克拉拉投來銳利的眼神。

「我會。」我乖乖承認，而且那個XXX通常都是老闆。

「所以說那些平常很壓抑的人比較有可能會……啊，破關了……」

螢幕裡的小職員提著老闆的頭跳著舞，轉了好幾圈才發現是一場夢，鬧鐘響了，在小職員醒來的同時，螢幕上出現了一個網址。

「咦？這啥？算了，我要回家了，先寄回去備份好了，啊，也順便寄給你好了。」

克拉拉關了電腦，開始收拾座位。

「寄給我幹嘛？」我問。

「幫我測看看有沒有病毒……我先閃啦！掰！」

克拉拉拿起包包，瞬間就跑得不見人影，這時我桌上的分機響了。

糟了！根據我的經驗，下班時間打來的電話絕對不會有什麼好事。不是老闆有什麼亂七八糟的點子突然想到要交給你做——當然是馬上做。不然就是別的部門出了大包，資料給錯帳要重入等誰接到誰倒楣的恐怖事件。

如果不接的話，這個不幸的命運有可能落到別人頭上，也有可能因為沒人即時處理，問題會變得更大條……而且這個更大條的問題還是落到我頭上。

經過一番天人交戰，我深吸一口氣，接起電話。

「喂，阿哲，我是詩涵，我問你，薪資的資料最晚什麼時候要給你？」

糟了！人資一姊的聲音聽起來不太對勁，下班後接到的電話果然沒什麼好事呀！

「最慢是明天下午。」財會部先開了一個比較高的價碼。

「那個是理論上吧？實際上呢？」人資部門兇狠地直接問財會部底價。

「薪資有什麼問題嗎？」我試著刺探一下敵情。

「廢話，沒問題問你這個幹嘛？」詩涵酷酷地回道：「算薪資的系統有問題，資料撈出來都不對，各部門的薪資數字加起來和薪資總數不一樣。」

……系統有問題這句話聽起來好耳熟呀！今天我們公司的系統是說好不讓大家下班一起壞掉嗎？

「老大有找出問題嗎？」

「老大正在全力搶救中，最慢什麼時候要把薪資的資料給你？」

我翻了一下桌曆，「明天生不出來的話，禮拜六還是禮拜天給我，我進來加班，禮拜一早上送簽應該還來得及。」

「禮拜天公司要打蠟，不能進來加班。」

「是誰安排在月初打蠟呀！」連想在週末進公司加班都不行，天要亡我呀！

話筒另一端一陣沉默，「……是我安排的。」

「妳看看薪資能不能儘早給我，妳也知道我們要出個錢要一堆人簽名和蓋章，那些人還不一定會來公司……」

「阿哲葛格，拜託嘛！不能通融一下嗎？我禮拜一早上一定會給你。」詩涵可憐兮兮地說。

我咬牙說出底線，「最晚禮拜一早上十點要給我，不然會來不及。」

「好，那我繼續奮鬥了，掰。」

我無力地放下話筒，繼續面對桌上永遠做不完的傳票。

該死，這次薪水真的能成功在截止期限搞定嗎？

我的腦海突然浮現怡君的話——薪水沒付成你就死定了！

下班前，我又做了一次死亡時間測驗。

杜湋哲，你的死亡時間是三又四分之三天後。

距離你的死亡時間還有三又四分之三天。

週四．下班後

回到房間，吃完無滋無味的油膩便當，洗把臉，就已經快十點了。

一天就這麼過了。

機械式的接電話、機械式的入帳，喘不過氣時偷用 MSN，聊沒兩句電話又響了……

以上的循環構成了我的一天。

如果真的要問我今天做了什麼，我也不知道該怎麼回答。

我可能將很多雜亂無章的請款單和發票化為整齊的傳票，可能打了很多電話，解決了一些雞毛蒜皮的小事，但在這些行為之中我無法得到任何東西。

這些事誰都可以做，我只是個人型的齒輪，將動能傳遞給下一個齒輪，而我在這轉動之中不斷磨損，如果是鑽石的話也許會越磨越亮，但我終究不是鑽石，在磨去了稜角之後，也許就會變成掉到地上也無法辨別的沙粒吧。

比起被老闆痛罵，想到這個更讓我難過。

我癱倒在床上，心想我應該爬起來寫一些東西，至少趁還沒有遺忘太多，寫下我和「貓」的冒險，寫下我所記得的楠，但我實在好累好累……

我夢見了楠。

吃完晚飯後，我和楠在海堤上散步。楠和平時一樣穿著白色背心搭配色彩鮮豔的民族風長裙，長髮隨意地用髮圈紮在腦後。

走到海堤的中段，楠停下腳步，拉著我的手坐在海堤邊緣，我悄悄將手放在她肩上，光裸的肩頭被海風吹得有些涼，她將頭靠在我的肩上。

我們一起望著海。

「吶，阿哲，你的夢想是什麼呢？」她問。

「我……」

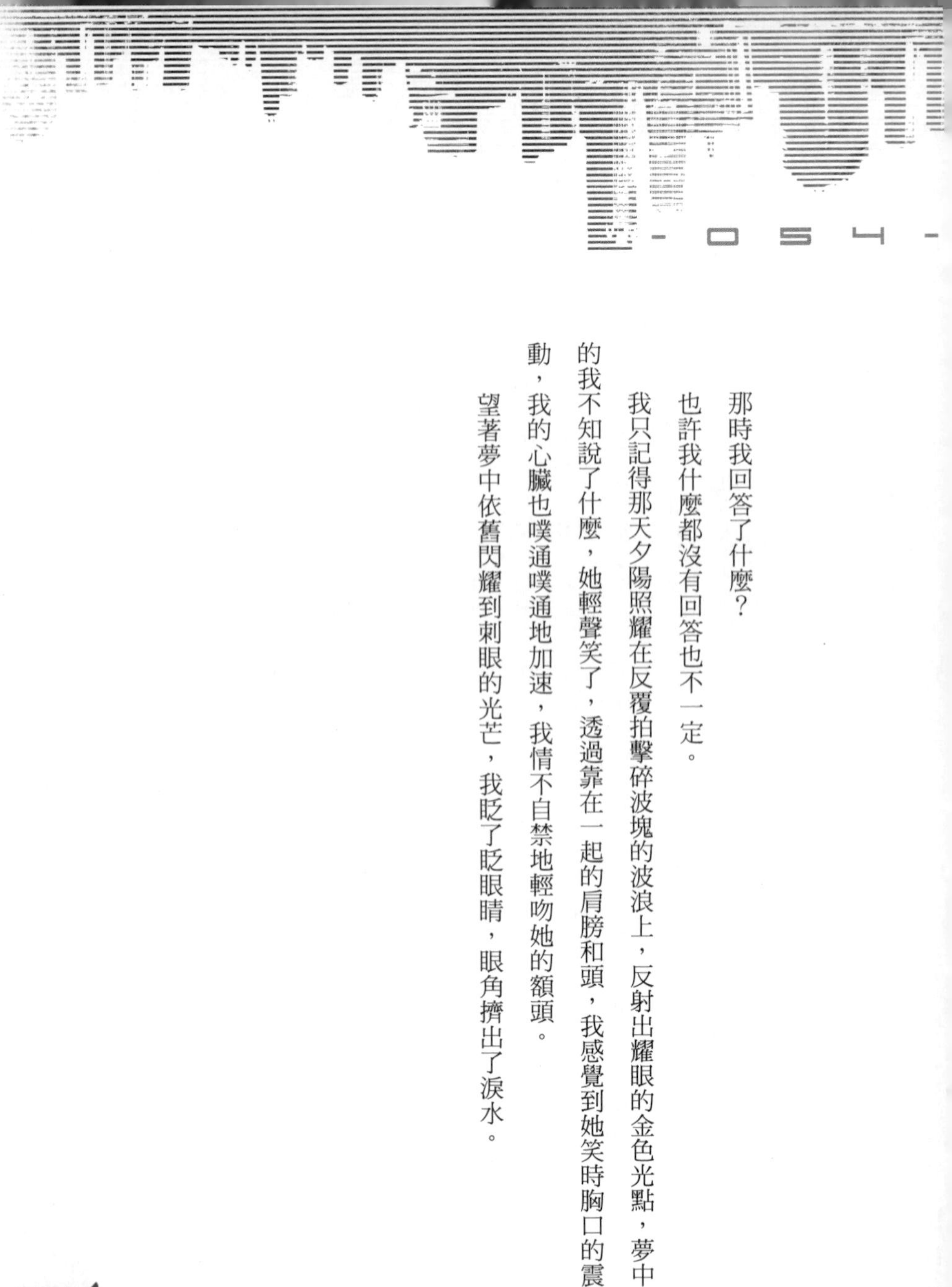

那時我回答了什麼？

也許我什麼都沒有回答也不一定。

我只記得那天夕陽照耀在反覆拍擊碎波塊的波浪上，反射出耀眼的金色光點，夢中的我不知說了什麼，她輕聲笑了，透過靠在一起的肩膀和頭，我感覺到她笑時胸口的震動，我的心臟也噗通噗通地加速，我情不自禁地輕吻她的額頭。

望著夢中依舊閃耀到刺眼的光芒，我眨了眨眼睛，眼角擠出了淚水。

第二日・週五・

週五・早晨的茶水間總是會發生神奇的事

第二天早上起床，我照了照鏡子，眼睛有點腫，眼屎比往常還要多，摳了幾次才把眼睛清理乾淨。

到公司時時間還早，辦公室沒什麼人，我抓起茶杯走向茶水間，快走到飲水機時，突然有人抓住我的手用力一拉，一把將我推進黑漆漆的儲藏室，關上門。

辦公室之狼？不對！我不管怎麼看都不會像女的？難道還有專門瞄準男性市場的辦公室之狼……我不要呀！

我不住後退，背部撞上像是牆的東西，抓住我的手的人不斷逼近，溫熱的氣息撲面而來……

啪！儲藏室的燈開啟，靠在我眼前的是一對微微上揚的金色貓眼。

我猜錯了！抓走我的不是辦公室之狼，而是辦公室之貓呀！

「給我記憶。」一定春輕聲呢喃，粉色的小嘴距離我越來越近、越來越近……

我的記憶再次被奪走了。

「呼。」

補足記憶後，定春滿足地舔了舔嘴角，我則抓著茶杯躲在牆角瑟瑟發抖——當然是因為失去記憶的關係。儘管我提供給定春的都是一些無關緊要的記憶，或是一些想像，但提供完記憶還是會有種討厭的虛脫感。

「你還在跟蹤小文？你看到那隻野貓了沒？」見定春點頭又搖頭，我繼續說道：「對了，我同事好像有在這棟大樓看過野貓，聽說是虎斑毛色的小貓。」

「牠的肉球是什麼顏色的？」

你到底有多在意肉球呀？

「沒聽說。」我懷疑地看著仍留在原地的定春：「你找我還有別的事？昨天下午才剛補充完記憶，應該沒那麼快用完吧？」

「只是順便，反正很好吃。」

「我先走了。」反正只是順便，那我這個被吃的人總有不被吃的權利吧！

定春拉住我的衣角。

「我昨晚看到奇怪的事，有黑影冒出來打人。」

「什麼黑影？打什麼人？」

「好麻煩……還是直接給你看好了。」定春伸出手指，在我額頭上一點。

在人類的眼中，房子就是房子，車子就是車子，沒有實體即不存在。

在妖精眼中，世界是閃爍著微光的記憶河流，只要輕輕一嗅，豎耳一聽，便能體會世界的一切。

定春靠在窗戶旁邊打了個盹，一條細小但洶湧的黑色河流將牠捲入夢中。

時間已近深夜，在某個巨大的科技廠房的停車廠，駛出一台百萬名車，穿著西裝的中年男子，坐在豪華轎車的後座打盹，一個黑影靜悄悄的自真皮座椅底下鑽出。

那是一個小巧的、不知道是什麼生物的影子。

中年男子沒有發現黑影的存在，不斷的點頭打盹。

黑影爬到了中年男子身上，轎車隨著沿途的路燈忽明忽暗，轉眼間黑影已化為人一般的大小。

從那黑影中伸出了像手一樣的長條影子，黑色的手不斷搥向中年男子，在數十次搥打後，黑影似乎仍覺得不夠，抬起黑色的腳踹向中年男子的腹部。

中年男子依舊沒有醒來，只是發出了幾聲像是夢話的悶哼，被毆打過的臉和身體似乎也沒有出現傷口。

司機低聲哼著歌，等待紅燈。

誰也沒有發現黑影的存在。

只有定春在夢中看見了黑影，但對於牠而言，那也只是個不怎麼有趣的夢，定春翻了個身，很快的進入夢鄉去找下一個有趣的夢。

定春的手指在我額頭用力一彈，「沒了，就這樣。」

「那個黑影是什麼？」

「我不知道，我只看見這些。」定春皺起眉頭：「我總覺得會發生什麼不好的事。你幫我注意一下，不要讓小文捲入危險。」

說完，定春別有深意地看了我一眼，逕自跳入儲藏室天花板的洞口，繼續跟蹤牠親愛的主人去也。

啊、忘了問牠今天有沒有感覺到我會死了，不過定春沒特別說什麼，就應該是沒感覺到吧？

在其他人來公司前我又做了一次死亡測驗。

杜瑋哲，你的死亡時間是三又四分之一天後。

距離你的死亡時間還有三又四分之一天。

距離我的死亡時間越來越近了。

今天依舊是充滿不幸的一天。

「啊啊啊啊啊、報表還是不平呀！」怡君持續昨天的慘叫。

「我也是，好想殺人。」克拉拉不斷把美工刀推進推出，發出令人牙酸的聲響。

「我的系統又當了，系統壞了什麼事都不能做，我可以下班了嗎？」阿德抱怨。

正當我覺得我不孤單不是只有我一個人很衰時，一通電話把我打入地獄。

「阿哲，我跟你說，我給你的資料有錯，你晚點再入帳。」生管正妹怯生生地開口：「你……應該還沒入吧？」

「我已經入帳了。」

昨天我一聽說薪資可能沒辦法結出來，為了預留做薪資的時間，我加班先把之後的事做完，結果搞了半天我根本是做白工，我昨晚留那麼晚到底是為什麼啊啊啊！

「對不起！不要生人家的氣嘛！」生管正妹可憐兮兮地說。

我忍住罵髒話的衝動，從牙縫擠出一句：「沒關係，下次小心一點。」便重重地掛上電話。

「出了什麼問題嗎？」怡君過來關心狀況。

「生管給的資料有問題，帳又要重入了。」

「我的東西要下午才能做，這些我先幫你拿去做。」怡君拍了拍我的肩膀，一個淡綠的光點飄過怡君的耳後。

嗡嗡。

「……有什麼需要幫忙的嗎？」

「什麼？」我有點恍惚，剛剛似乎聽見了翅膀拍動的聲音。

「我不想死我不想死……」

我隨口回道：「別擔心，就算沒結完老闆也不會真的宰了妳呀！」

「你在說什麼？你還好吧？」怡君擔心地問。

「剛剛不是有人說『我不想死』嗎？」

「沒人這麼說呀！該說『不想死』的人，應該是你吧？四天後會死的先生。」克拉拉回眸一笑：「不對，已經過一天了，現在只剩三天了。」

「克拉拉，不要亂說。」怡君白了克拉拉一眼。

「不想死、不想消失……」

我沒聽錯，確實有一個稚嫩的聲音不斷重複類似的話語。不過其他人都聽不見這個聲音。

「死、死、死……就要死了……」

不明的光點從我的眼前飄過，眨眼間就消失不見，我突然有了不好的預感……

「是兇兆！」我無意識地說出這句話，一抬頭卻看到怡君滿臉通紅，兩隻手像是在防衛什麼似的擋在胸前。

「你這個變態！」克拉拉毫不客氣地一巴掌拍在我的背上。

「什麼變態？」我完全搞不清楚狀況。

「你、你看到了？」怡君咬著下唇哀怨地看著我。

「看到啥？」為什麼怡君和克拉拉都用像在看垃圾的眼光看著我？

「你這傢伙看了還不認帳！」連阿德也加入譴責我的行列：「就算看到好東西也不能說出來呀！這是身為男士的基本禮儀！」

看到好東西？

怡君用手遮住的地方是胸口，這時我才注意到她今天穿了一件領口比較低的小洋裝，稍一彎腰就有可能會曝光。

「等等！此兇兆非彼胸罩呀！你們誤會了，我說的是兇兆不是胸罩！是不好的預兆的兇兆！」

「聽起來都一樣呀！」克拉拉踢了我一腳。

「我最討厭你了！」怡君遮著臉跑掉了。

因為這個不幸的插曲，公司內的女性都對我投以鄙視的眼神，詩涵甚至打電話過來：「聽說貴部門剛發生了辦公室性騷擾？請到人資部門接受調查。」

「妳的薪資算完了沒？」竟然還有心情開我玩笑。

「沒有。老大還在和系統的問題決一死戰。」言下之意就是：想追殺別找我。

「咳，我之前沒和妳說妳可能不知道，禮拜一早上十點前把資料給我，就來得及付薪水是指理想中的狀況。」我向詩涵說明付款流程。

付薪水的流程

人資部門算完薪水↓人資主管簽核↓執行長（老闆）簽核↓送到財會部

財會部入帳↓副理簽核↓經理簽核

財會部沖帳↓副理簽核↓經理簽核

出納開立取款條↓蓋公司大章↓蓋公司小章（保管人：老闆！）↓取款條給

銀行↓完成！

「我聽不懂，但感覺很複雜。」詩涵說。

「不複雜，就是要給很多個人簽名和蓋章，如果大家都很乖沒亂跑的話，很快就能弄完，如果資料有錯還是有人不在的話，薪水就付不出去了……」然後我就死定了！

「怎麼付個薪水搞得像收集七龍珠呀！」

沒錯，付薪水就像是在收集七龍珠，得收集一堆簽名和蓋章才能夠召喚神龍完成我想要順利付薪水的願望。可惜的是就算排除萬難收集到七個龍珠，還是只能付原本的薪水給自己，不但無法許願成為億萬富翁，連許下大家都加薪百分之五的渺小願望都無法達成呀！

「好啦，我會儘快把薪資的資料給你的。」

「明白就好。我這麼努力，可以多付點錢給我嗎？」我試著向算薪水的神龍——詩涵許願。

「不行。」詩涵冷酷地掛了電話。

這麼一鬧早上就結束了，我的進度還是幾乎是零，看來我今天加班定了！

果然是兇兆！

週五・午休是愉快的小遊戲時間

我去休息區領今天訂的便當，怡君和克拉拉因為早上的事不肯跟我一起吃飯，我只好淒涼的一個人回座位吃飯，誰知道竹筷才剛分開，偉哥就用百米衝刺的速度衝向我。

「阿哲哥——」

「如果你要問我她今天穿什麼顏色就給我滾！」我馬上堅定表達我不是變態的立場！而且我懷疑偉哥對怡君垂涎很久了！

「嗚嗚嗚，我快死了啊啊啊啊！」偉哥的回答牛頭不對馬嘴，我才想到今早的騷動中似乎沒看到這個最愛湊熱鬧的傢伙，想必他今早也不好過。

「你死了再叫我。」我低頭吃便當。

「你也太冷淡了吧！你應該要對一個昨晚在公司奮鬥到天亮的戰士致上最高敬意！」

這時我才正眼看向偉哥。嗯，頭髮還是鳥都不想鳥的鳥窩頭，身上那件 POLO 衫也和平常一樣皺，除了眼白的部份多了些血絲，其他的都和平常沒什麼兩樣。

「你在看什麼呀？你是想說我有沒有回家看起來都一樣嗎？」

為什麼這傢伙偏偏在這方面有纖細的玻璃心？

「到底發生了什麼事？」我試圖轉移話題。

「我在找測試程式的 BUG 。」偉哥解釋道：「BUG 就是程式錯誤，你怎麼一臉呆滯，你不會不知道 BUG 是什麼吧？」

「嗯。」我沒有不懂，我只是在放空和吃便當。

「氣死我了！明明什麼都沒動，每次測出來的數值竟然都不一樣，真是見鬼了！」

「你要不要先冷靜一下？看是不是插頭沒插、操作有誤還是基礎設定有問題之類的？」畢竟人要白痴的潛力無窮，有很多神秘的錯誤其實都出自一時的手殘。

「我有找師父幫我看過，小洪剛也幫我重新測過了，都沒有用。」

「那你找我也沒用呀！」

「我知道。可是只有你會認真聽我說話，其他人都只會打槍。」

我也不想理你好嗎……不過偉哥的表情太過真誠，讓我不忍心傷害他。

「你中午好好休息，下午再說吧！」翻譯成白話就是先不要來吵我啦！

「嗚，我好感動，你真是個好人！」

「你竟然發我好人卡！」我給了偉哥一記正拳：「好啦！我也有事要忙……不要用那種被遺棄的小動物的眼神看我！」

「你不懂……我真的很絕望呀！這次和平常不一樣，不管是程式還是機台都像中邪一樣啊……算了，你不會懂的，我先去拿便當。」

「中邪呀……」

這麼說來這兩天我們的系統也怪怪的，明明什麼資料都沒動，報表跑出來數字變來變去，跟中邪沒兩樣……

等等！中邪！

我很快地將少的可憐的線索連結在一起——

中邪↓有超自然力量涉入↓有妖精？

妖精的候選人……嗯，最近常看到的妖精只有定春，就我所知定春除了跳躍力和柔軟度很棒之外，只有指使貓奴做事的能力，沒有讓系統當掉的能力，先排除。之前定春讓我看見的打人黑影……感覺和系統當掉連不太起來。妖精、妖精、最近出現在公司的妖精……

我早上看見的那個不明光點會不會就是妖精？它出現時系統也正好不能用，可是定春看到的黑影打人又是怎麼回事？搞不懂啊！

想叫住偉哥問問他最近有沒有看到什麼異狀，才發現偉哥在我沒注意的時候跑掉了。望著偉哥頹然離去的背影，我突然想起昨天他傳給我的揍老闆網站，不曉得那個揍老闆遊戲破關後出現的網站是什麼？

我打開信箱，尋找克拉拉昨天寄給我的信，目光卻被一封寄件人不明的信所吸引。

寄件人：？？？

主　旨：我不想死、我不想消失。

內容：

我、不想死。

這是我甦醒過來之後的第一個念頭。

我是誰、我的名字……

這些問題我連想都沒有想過。

我只感覺到激烈的憎恨。

為什麼追逐我？

為什麼希望我消失？

為什麼要殺我？

在黑夜中，某個人的嘴角扭曲了，口中發出詭異的聲音。

「呵、呵哈哈！終於，找到你了。」

那個人是誰？為什麼會發出那樣的聲音？為什麼要這麼做？

這些問題我都無法理解，我只知道……

我不想死。

所以，我逃走了。

「我不想死」這幾個字好像有點耳熟，剛才飄過的光點好像也說過這幾句話，不曉得這封信和它有沒有關係，這年頭的妖精該不會有上網寫日記的習慣吧？晚點再問問定春好了。

我隨手關掉這封信，找到克拉拉昨天寄給我的信，點開網頁連結。

歡迎您來到這裡，我們都是對老闆有所怨言的小小員工，這個網站不會紀錄你IP，請盡情的匿名發洩您的怨念吧！

請容我再次提醒您，如果您真的有很想殺人或是行使暴力的衝動，請立刻洽詢貴公司的人事部門，或找心理醫生替您解決問題。

希望我們在發洩之後都有更愉快的一天。

將網頁往下一拉，裡面全是一堆充滿怨氣的抱怨留言，看來這個網站是上班族最新的聚集地，那些當上主管的人應該沒空也沒興趣玩「揍老闆」，所以大家就放心的在此大抱怨特抱怨。

反正也沒事，我啃著便當裡的雞腿，稍微瀏覽一下網頁的內容。

「企劃是要改幾次呀！在叫我改之前先搞清楚你要的東西好不好？不要到最後又跟我說第一版很不錯，要我呀……喵的勒！」

好可憐。

「IC量不完呀！不要每次都亂答應客戶！然後叫我們加班來量！怎麼回事！只有加班沒有加薪誰想做呀！再這樣加班下去哪交得到女朋友呀！」

這篇抱怨的重點在想交女朋友？

往下看去，每篇都充滿了對「老闆」和「主管」的怨念，看著看著我也不禁感到佩服。

雖然我也常會有「真想扁他一頓」的衝動，卻完全沒想到大家對老闆的怨念如此的多樣化，老闆凌虐員工的方法也如此的多樣化。

「嘿嘿，你果然也在看這個呀！」偉哥從隔板後冒出來：「昨天有沒有好好的在上面發洩呀？我常在上面貼文章呢！」

偉哥其實長得不差，可惜一臉痘痘加上油光滿面，搭配上一頭沒整理的亂髮和宅男必備的 POLO 衫……總結起來就是女孩子不會想主動親近的類型，我突然若有所悟。

「所以說那篇交不到女朋友的是你寫的……」

偉哥瞬間從隔板後跑到我座位旁邊：「不要說出來！」

「你三八喔！又沒人在。」我踢了偉哥一腳。

「唉喔~我只是不希望讓女生知道我很想交女朋友……不說這個了，老闆怎麼到現在還沒來呀？」

「誰知道，睡過頭還是出差了吧？」我低頭把飯扒完。

「說不定他請病假啊……」偉哥乾脆坐在我的垃圾桶上開始吃便當，雖然坐垃圾桶聊天是敝公司的特殊文化，我還是常擔心垃圾桶會被壓垮。

「聽說今天那個什麼某某電子的大老闆，因為生病沒辦法參加董事會，有兩三個同學也說他們老闆請病假……真羨慕啊……」

「別傻了，老闆健康的像什麼一樣，搞不好用火箭砲打也不會死。」我說。

「唉喔，人因夢想而偉大，說不定最近流行了一種只有老闆會得的感冒呀。」偉哥一邊啃雞腿一邊說道。

「與其出現這種感冒，還不如讓老闆得『不加薪百分之三十就會死』的病。」我說。

「也是，但我覺得與其要他加薪，還不如拿火箭砲射他成功率會比較高一點。」

我倆舉頭望著電燈泡回想慘不忍睹的加薪數字，決定低頭吃便當比較實際。

偉哥解決最後一口飯，問道：「對了，你的怨氣不小呀！『揍老闆』裡面有十七種道具耶！你該不會一口氣就玩到破關吧？」

「我哪那麼無聊，不是我玩的啦！是克拉拉破關後把連結寄給我的。」

說著我順手打開揍老闆網站，老闆再一次出現在加班加到快死的員工面前，進行碎碎唸攻擊，這一次我選擇了垃圾桶。

「喔喔！這個很精彩！」偉哥興奮地說。

遊戲中的小職員給老闆一記正拳，老闆一屁股坐在垃圾桶上，小員工拿起鍵盤不斷敲老闆的頭，直到把老闆完全打入垃圾桶……

嗯，以下畫面兒童不宜，但非常適合被老闆欺壓而累積了許多怨氣的上班族。

結束一輪「揍老闆」之後，我意猶未盡地尋找畫面上可以使用的東西：直尺、剪刀、鍵盤、主機、滑鼠、隔板、釘書機……

釘書機可以怎麼使用呢？這次我選擇了釘書機，我突然感覺到身邊超乎尋常的安靜，偉哥沒有對我的選擇加以評論，我一轉頭，發現偉哥已經帶著吃完的便當消失的無影無蹤，取而代之的是熟悉的腳步聲以及中氣十足的笑聲。

可惡！偉哥你這個沒義氣的傢伙！

事不宜遲！走為上策！我拿起便當盒，躡手躡腳地往外走去，沒想到走沒兩步，就撞上雙手抱了一堆傳票的老闆。

「喔！你在呀！我正好要找你呢！」老闆從傳票山後面對著我喊道。

「老闆，我來幫你拿傳票，你吃飯了嗎？」我擺出好員工的笑臉，上前幫忙。

老闆的笑容消失了，把傳票重重地放在桌上。

「不用不用……你開的那個網頁是什麼？」

我靠！我竟然忘了把揍老闆的網頁關掉！我死定了！

「這是遊戲嗎？怎麼看起來好像辦公室？」老闆不斷逼近，似乎想看清楚他不幸的小員工中午休息時間到底在幹嘛？

糟了！這是人生的大危機！要是讓老闆搞清楚我在玩什麼遊戲，不只是年終獎金——端午、中秋和分紅本來就沒有可以忽略不計，搞不好連飯碗都保不住啦！

「啊哈哈，這是辦公室的小遊戲。」

我邊打哈哈，邊擋住老闆的去路讓老闆不要繼續靠近，至少不能讓他近到能看清楚這個遊戲的網址——beatyourboss. com. tw（註4），這樣老闆一眼就可以看穿我想「痛揍老闆一頓」的意圖呀！

「這是什麼樣的遊戲？怎麼玩？」老闆興致勃勃地問，厚重眼皮下的小眼睛爆射出詭異的光芒。

慘了！他該不會已經看到網址是什麼了吧？聽說老花眼都能看很遠不知道是真的假的，如果我被老闆當場抓包，不曉得定春能不能幫忙吃掉這段記憶……

「沒什麼啦，就午休打發時間嘛！我也是剛點開，我也不知道這是在玩什麼……」我打算使出第一招：推得一乾二淨；再接著使出第二招：轉移話題，「對了，老闆你說你是來找我的？請問有什麼事嗎？」

「對了，我發現了一件不符合Logic的事！」

糟了，轉移話題這招是成功了，但老闆開始了碎碎唸的前奏。

「我昨天晚上在蓋章的時候呀，突然想到，就把你開的支票按照票號排，就發現了……」老闆故意停頓一下，用發現新大陸的語氣說：「支票的號碼不連續耶！中間漏了好幾個號碼！這樣子怎麼可以！」

「因為列表機卡紙，所以支票印壞了只好作廢。」我試著解釋。

「不對不對，不是這樣子的，要是有人拿那些漏掉的票號去做什麼怎麼辦？財會就應該要做到完全沒有失誤才對！怎麼可以這樣！」

內心的話：你去叫列表機不要卡紙呀！

說出來的話：「老闆，我們當然盡量不要弄錯，但有時候弄錯不是人為的因素，而且作廢的支票都有蓋上作廢章好好保管，不會有被盜用的風險。」

「我不管重點不是這個啦！反正……」

接下來他說了什麼我已經聽不下去了。美好的中午時光就在老闆的無理取鬧下，一分一秒的消逝，而且完全沒有停止的跡象。我的眼神移向了桌上的剪刀……

當然只是看而已，我什麼都沒有做，唯一能做的只有……

一、用盡全力忍住滿肚子的髒話。

二、幻想「揍老闆」的遊戲內容。

三、繼續乖乖被唸到他開心為止。

不幸中的大幸是……老闆碎唸完就忘了研究我到底在玩什麼遊戲，踏著沉重的腳步走了。被老闆當場抓包玩「揍老闆」遊戲的危機就此解除！

週五．週五下午工作做不完的災難現場

緊接在多災多難的午休而來的是一個多災多難的下午。

首先是公司的內部網路無預警的當了好幾次，雖然都在十分鐘內恢復，但做到一半的資料理所當然的沒了，我Key了快半小時的資料也付諸流水。

這下連我都忍不住了：「我好想砍人和翻桌啊啊啊！」

「冷靜冷靜！」阿德拍拍我的肩膀。

緊接著故障的是會計系統。

「我剛明明就沒輸入錯誤！為啥傳票印出來多了好幾個零呀！」阿德抓著螢幕大吼。

「冷靜！」我拍拍阿德的肩膀。

「不行我沒辦法冷靜！每個數字都對不到是怎樣啊！」克拉拉用力的抓著桌子，又尖又長的指甲刮過桌面，發出令人牙齦一酸的聲音。

「大家冷靜！我打電話叫老大看一下。」怡君出來穩定場面。

十五分鐘後。

「我不知道為什麼會這樣，我沒資格當你們的老大啊啊啊！」向來視BUG如無物、遇BUG殺BUG的MIS老大抱頭慘叫。

「老大你冷靜一點……」想揍人的話可以去揍樓下的老闆。

「可惡，我才剛解決完人資的系統問題，現在又輪到你們出問題，最近系統一直出包到底是怎麼了？是乖乖過期了嗎？」老大崩潰地大叫。

稍微說明一下，我們公司小歸小，但也有自己的ERP（Enterprise Resource Planning企業資源流程系統），簡單的說就是各部門所有的資料都要KEY進ERP系統，再經由ERP系統進行整合，當然我們使用的財務會計系統也包含在ERP之內，財會的所有報表也都是由系統計算，雖然我們知道報表的原理，但一來資料有近千筆，二來是系統裡有很多複雜的公式，如果真的叫我們土法鍊鋼用手按計算機去算，可能算個七七四十九天才算得出來……而且算出來還是錯的。

只要會計系統一有問題，身為會計的我們就完全無用武之地，如果是在不趕的時候也就算了，在馬上就要結帳壓力下，整個財會部瀰漫出了驚人的殺氣。

「好想翻桌好想翻桌好想翻桌好想扁老闆。」阿德嘴裡不斷碎碎唸。

「被我找出來是誰搞的就給我試試看，要大卸八塊還是凌遲處死呢呵呵呵……」克拉拉氣到忘了掩飾自己是個變態。

「我不能逃我不能逃我不能逃。」怡君無意識的唸出某動畫的名台詞。

在部門氣氛瀕臨爆炸的時候，我的分機突然響了。

「耶！我的儀器恢復正常了！」

既然是偉哥，那我就不用客氣了：「干我屁事！換我們算不出來啦！」

「嗚嗚嗚你好過份！」

才剛放下話筒，分機又響了。

「喂，阿哲，好消息！天大的好消息呀！薪資系統恢復正常了！我的薪資可以開始算了！你只要明天進來加班應該就來得及了！」詩涵興奮地說。

明天要進來加班並不算好消息好嗎？但我不忍心潑詩涵冷水：「來得及就好，不過妳要確保老闆明天可以簽完薪資。」老闆是七龍珠裡面最重要的一顆，要是他突然異想天開的消失還是跑去國外黑皮，我們就完蛋了。

「當然！我一定會好好盯著他，不會讓他亂跑。我要繼續努力了！掰啦！」

「怎麼樣？」怡君問。

「詩涵說薪資系統恢復正常了，沒其他問題的話『應該』可以來得及吧。」

「唉，至少還有人能做事，不是全部的系統一起出問題……咦？阿哲你要去哪裡？」

「去倒水。」我抓起茶杯，衝向茶水間旁邊的儲藏室，關上門。

這兩天系統一直出問題，MIS完全查不出原因，只能任由系統時好時壞，雖然說電腦有時就是這麼難以理解，但是我們的系統一出問題，其他部門就開始變得很順利，這就奇怪了。

說不定系統的問題是由妖精引起的，那麼……

妖精的問題就該由妖精來解決。

我閉上雙眼，在儲藏室中心大聲呼喊定春的名字。

「幹嘛？」有著白色貓耳的美少年從天而降。

「有事要請你幫忙……你不要走嘛！至少聽一下要幫什麼吧？」

我拉住定春的袖子，忽然發現定春身上的衣服很眼熟。

「這不是我的襯衫嗎？」而且還是面試專用的那一件，好好一件白襯衫被弄得髒兮兮的，難怪我到現在才認出來！

「褲子也是你的。」定春不知死活地補充。

「既然都偷穿我的衣服了，你總沒理由不幫忙了吧？」

「又不好穿，太大件了。」

「我又沒逼你穿。」偷穿竟然還抱怨。

「那我走了。」定春從我手中抽走袖子。

「等一下！我幫你補充這麼多次記憶，幫我一次不過份吧！」

「不過份才怪。」定春像突然想到什麼似地停下腳步，金色的大眼睛充滿渴望地望著我，彷彿閃爍著無數期待的小星星。

這個眼神看起來有點熟悉，似乎在哪裡看過……我想起來了——

定春每次想向小文討零食時都會露出這種眼神。

「幫我這個忙，我去買零食給你吃？」我試著問問看。

定春點頭，「我要五包，不可以告訴小文。」

「好，你以後不可以偷穿我衣服。算了，我乾脆幫你買一套衣服好了，不然老是穿不合身的衣服也不是辦法，不過你要幫我這個忙。」我幫定春把襯衫下襬打結，不然好好一件襯衫都被穿成洋裝了。

定春動了動耳朵，應該是表示成交的意思吧？

「你去三樓的機房，幫我看看有沒有妖精的氣息。」我說明了機房的位置。

「如果有妖精的話？」

「看你能不能把它趕走，不然就先回來跟我商量。」我把手機塞到定春手中：「知道怎麼用吧？你去完機房打分機給我，用完把手機留在這個儲藏室，我再來拿。」

「好麻煩。」定春把手機塞進口袋，爬進通風管。

希望定春能順利把那隻害大家加班的妖精趕走，我嘆了口氣，握住儲藏室的門把，我突然看見了——

一隻小貓。

淡咖啡色的虎斑紋，毛比一般的短毛貓長上不少，根據我的推測應該和定春一樣有波斯貓的血統。

我和小貓四目相對，小貓瞪大一雙金綠色貓眼，看起來好像很驚訝，但從牠立起來的尾巴，看起來不像是在警戒的樣子。

我慢慢蹲下，見小貓沒跑掉，就很慢很慢地向小貓移動。

小貓站起來，盯著我的大眼睛充滿好奇，到了快要可以摸到的距離，我向小貓伸出手，在摸到牠額頭上毛的瞬間，小貓小聲地喵了一聲，轉身就跑，眨眼間就消失得不見蹤影……

嘖！動作還真快！

不對呀！牠為什麼消失了？這個儲藏室只有一個出口，門明明關得好好的，牠怎麼可能就這樣跑掉？難道說……這個儲藏室有我不知道的出口？

我搬開放在鐵架上的箱子，小貓消失的鐵架後面是牆壁，沒有我想像中只有小貓能出入的破洞，這個儲藏室除了門和天花板之外，沒有其他的出口。

門關得好好的，小貓也不可能瞬間就跳上天花板，牠也沒力氣推開天花板的板子，那這隻小貓到底是從哪裡跑掉的？

算了，還是回座位等定春的電話吧！免得電話被別人接走，定春又說了什麼奇怪的話，我被「兇兆」毀掉的清譽就真的一點也不剩了。

「老大說系統恢復正常了！大家可以開工了！」怡君放下電話，對大家宣佈。

「耶！」阿德和克拉拉齊聲歡呼。

當我正在思考是老大功力過人、還是定春真的把妖精嚇走的時候，我的分機響了。

「喵。」很好，定春只用了一個字就讓我知道是誰打來的了。

「有找到嗎？」我問。

「沒有，那裡的確有妖精的味道，但我沒看到東西，應該是被我嚇走了。」也許是為了零食，定春回答得份外認真。

「很好，有辦法讓『它』暫時不要回來嗎？」考慮到其他人都還在位置上，我用它來代稱妖精。

「我剛有留下味道做記號，在味道散去前應該不會回來吧。」

做記號？是某種妖精標示勢力範圍的方法嗎？算了下次再問清楚好了，「有辦法找到『它』在哪裡嗎？可以的話我希望它不要再出現了。」

「沒空去找，我還要跟蹤小文。」定春頓了頓：「不要忘了你的十包零食。」

「好……」不對，剛剛明明說的是五包呀！這隻貓竟然給我自動加薪！

週五．週五晚上還加班真是場悲劇

「呼，終於告一段落了。」

託定春的福，會計系統一直到九點都沒出問題，克拉拉第一個關電腦，準備下班。

「真好，我可能還要再半小時吧。」怡君嘆了口氣，繼續埋頭苦幹。

「嗯，沒問題的話我的部份下禮拜一就可以結束了。」克拉拉總算收起殺氣，露出甜美的笑容：「幸好系統後來比較沒出問題了，系統應該是被我誠心誠意想要結帳的心所感動吧！」

「是被妳的殺氣嚇到了吧……啊啊啊！不要用高跟鞋踩我呀！」

在阿德慘叫得不亦樂乎時，我的電話響了。

「喂，你果然還沒下班。」

聽見小文的聲音，我鬆了口氣，「對呀，妳不是也還在。」

「而且還會繼續在。」她有氣無力的說：「有事要麻煩你，可以出來一下嗎？」

「好。」

「誰呀？」阿德問。

「不用問了，一定是女生。」怡君冷冷地回道。

「我可以喝喜酒了嗎？」克拉拉愉快地說。

妳不是要回家了嗎？怎麼一發現有八卦可以聽就把包包放下來了？

「她是我媽朋友的女兒啦！」

我記得老媽好像有個朋友的女兒也來新竹工作，老媽給我對方的聯絡方式要我好好照顧對方，不過我對這種無限接近相親或是介紹的行為沒有興趣，所以沒有主動聯絡對方……當然對方也沒聯絡我。

當大家問到小文的事的時候，我就會用『照顧媽媽朋友的女兒』這個理由搪塞過去，不過很明顯的沒人相信。

「沒差啦！乾妹妹是送禮自用兩相宜，媽媽朋友的女兒也一樣呀！」阿德愉快地論述他的『乾妹妹論』，卻遭到怡君的白眼。

「男人喔……」克拉拉搖了搖頭。

「既然送禮自用兩相宜，那你怎麼連半個都沒有呀？」怡君追擊。

趁阿德慘遭砲火轟炸的同時，我順利脫身，一到約定地點，就看到小文煩躁的轉來轉去，頭髮也抓得亂七八糟，看來她今天也不好過。

「你終於來了。」小文一看到我，就把一串鑰匙塞到我的手上：「今天我搞不好要睡公司，你可以去幫我看一下定春嗎？順便幫我加飼料和換水。」

「啊、呃……雖然我是不會做什麼壞事，但妳把鑰匙給我真的好嗎？」重點是妳家的貓根本就不在家裡呀！

「沒關係吧？你是好人呀。」

你是好人呀。你是好人呀。你是好人呀。你是好人呀。你是好人呀。你是好人呀。

你是好人呀。你是好人呀。你是好人呀。你是好人呀。你是好人呀。

登登！獲得好人卡一張。

「嗚，不要亂說別人是好人嘛。」我很委屈。現在這個社會對『好人』這兩個字是很敏感的。

「怎麼了，你是壞人嗎？」小文天真無邪地問：「我同事都住在別的方向，所以我只能拜託你了。」

可惡，不要用那種眼神看我啊啊啊！

站在漸漸變得熟悉的小文家門前，我翻轉著手上的鑰匙，試了好幾次都打不開門。

隔壁的大嬸走過來又走過去，不時用狐疑的眼神看我。

過了一會兒，隔壁的大嬸去找了在樓下乘涼的阿伯，一起聚在樓梯口假裝在聊天，一副要是等一下裡面有什麼動靜，就要掏出手機叫警察的樣子。

真是夠了！為什麼一遇到我大家就想發揮守望相助的精神？我是長得很像壞人嗎！

試了第九次，門終於應聲而開。

在阿伯和大嬸懷疑的眼神威脅下，我快速走進房內，在牆壁上摸了一陣子才打開燈，如我所料，定春忙著跟蹤小文還沒回家，我隨手把晚餐和包包放到桌上，踢掉腳上的鞋子，從一堆混亂中找到了乾飼料罐，倒了一堆在碗裡，就當作任務完成。

完成這一連串動作，我癱倒在沙發上，胡亂塞了幾口不知道是晚餐還是宵夜的蛋餅和煎包，吃到一半想拿起搖控器，卻覺得桌上的搖控器是如此的遙遠。

雖然是在別人家，但躺一下下就好……

一下下應該沒關係吧……

頭無力的後仰，碰一聲的撞到不知道哪裡，但我已經沒力氣去管了，只想好好的睡一覺。

有一個毛毛的、溫熱的東西輕輕的碰觸我的臉頰。

「定春……你回來了……我已經有放飼料……我先……睡……等……」我斷斷續續地說。

嗯……我到底有沒有說呀？

我連到底有沒有開口都搞不清楚了，不過我不想管了……

我鬆開了連接現實最後的線，滑落到甜美的夢境。

楠歪著頭，用近乎執著的姿態問了一次又一次。

「吶，阿哲，你的夢想是什麼呢？」

聽到了風的聲音。

聞到了海的味道。

鹹鹹的、溫暖的，殘留著陽光的味道。

我側過身，鼻子碰到皮膚的觸感，才隱約意識到我躺在某人的腿上，一隻手放在我的額頭上，我聽到模糊的旋律，有人在低聲哼著歌。

我想像我躺在堤防上，農曆十六號的明月掛在天上，那個人看見我被月光刺痛了眼，就將手遮在我的眼睛上。

我很快就再次入睡，手肘在翻身時擦到水泥地，弄得兩手都是擦傷，但心裡卻漲得滿滿的。

在我迷迷糊糊睡著的時候，那個人會看著月亮，哼著不成曲調的歌。

海風吹動波浪，也吹動她的頭髮，長長的頭髮有一下沒一下的搔著我的臉。

月亮高懸在空中，無比明亮，波浪閃爍著銀色的光芒，在黑夜的海面跳著銀色的舞，那個人看著我露出淡淡的微笑。

我想像……

我不敢再想下去，因為那終究只是想像，這裡永遠不會是那個地方。

那裡是永遠的夏天，風永遠帶有一絲陽光的氣息，這裡的風大得不像話，老是用彷彿要吹斷樹的氣勢，在耳邊呼呼的吹著。

一個柔軟的、微微濕潤的事物碰觸我的臉。

腦中頓時一片空白。

我張開眼睛，眼前的是化為人型的定春。

「……是你啊。」我迷迷糊糊地思考我現在身在何處，我睡著時是躺在沙發上，但現在背部下面的東西卻硬得要命。

好一會牠只是張著杏仁狀的金色眼睛看我，風很大，牠蓬鬆的白髮被吹得亂七八糟，隱藏在頭髮中的白色小耳朵不斷抖動。

「這裡是哪裡？」我問。

「不知道。」

「為什麼我會在這裡？」我再問。

定春動了動耳朵，似乎思考要怎麼回答，「我想帶你到你夢裡的地方……」

「咦？」我不會真的在西子灣吧？

「……但我找不到，所以只好到你家附近有水的地方。」

仔細一看，我就躺在湖邊涼亭的石椅上，四周的景色相當熟悉，只是平常不會在這麼晚的時候來，所以一時認不出來現在身在何處。

我用手撐起身體，「這是我家附近的公園？不希望我待在小文家的話，把我叫醒不就好了……」

「你的夢很吵，我以為帶你來這裡會好一點，還是、不是那個地方就不行？」定春問：「那裡……很遠嗎？」

我思考了一下新竹到高雄的距離，「不算很遠。」

「那為什麼不回去？」

「就算回去也沒有用呀！就算回去，想見的人也不在了，就算那個人還在，我們也不是那個時候的我們了。」我試著解釋。

定春搖了兩次頭，「我不是很懂。」

「不懂也沒關係。」

定春沒有繼續追問下去，反而低下頭擺動耳朵，像是在煩惱什麼，蓬鬆的長尾巴也左右擺動，搔著我的腳，我這才發現那條尾巴就是夢裡不斷搔我癢的元兇。

「……你知道你每天晚上都夢到那個女孩子嗎？」定春有些遲疑地問，「你知道這代表什麼嗎？」

原來這隻白貓扭捏了半天，是想要說這個。

「我知道。」我摸摸定春的頭，他的頭髮一樣那麼柔軟蓬鬆，光是摸著心裡就覺得溫暖，「因為……」

原本我以為已經無所謂了，沒想到要說出口是那麼的困難。

「我一直都沒有去找她。」

在「貓」消失之後，已經過了兩個月了。

雖然偶爾還看得見妖精，但在繁忙的生活中，妖精只是個過目即忘的背景，經過後就遠遠的甩在後頭。

只有幾次，定春站立在陽台，對我招手。

但也僅止於此。

我露出僵硬的微笑，卻無法去看定春的眼睛。

菱格狀的鐵窗所圍起的陽台中，吊滿了剛洗好的衣服，熱水器轟的響起，洗衣機啪答啪答喀啦喀啦的轉動，交錯的管線上積滿了灰塵，白貓所化身的少年站在洗衣機和脫水機的中間，吊在高處的牛仔褲腳垂在牠的肩上。

我笑了。

牠是在平凡生活中唯一不平凡的東西，只要看見定春，我就能想像另一個世界，我所曾經夢想過、但卻永遠無法到達的地方，定春證明了那個世界是存在的，但那終究不是我的世界。

我找不到「貓」，「貓」就像是從來不存在在這個世界一般，哪裡都找不到蹤影。

在這個「貓」沒有身份證字號也沒有戶籍的世界，想要找一隻流浪貓本來就十分困難。相對之下，在這個只需要隔著六個人就能和歐巴馬或任何一個名人Say Hello的世界，想找出一個人似乎不那麼困難，尤其是……那個人曾是妳的學妹、而且你還有她手機號碼的時候。

我好幾次拿起手機，輸入楠的電話號碼（回想起她的電話沒有想像中的困難），然後放棄。

「笨蛋！你的決心就只有這樣嗎？那還不如拋掉回憶，當個快樂的笨蛋不是更好嗎？」

我想像「貓」這麼罵我，想像「貓」一邊說著一邊掩飾不住難過而垂下耳朵，最後甚至說出有點害羞的話來鼓勵我。

「你還有我呀！你和我在一起，什麼都有可能變成真實的喔！」

聽到這句話，我突然有了小小的勇氣，我回想到那三天和「貓」在一起的日子，雖然那時我被預告三天後就會死，而且遇到了很多亂七八糟的事，但回想起來，我很想念「貓」的吐槽和彆扭的個性，而且我的想像能經由貓的能力轉換成現實，讓那時的我多少有點什麼都做得到的錯覺……

——只要我想的話，不管是什麼都能化為現實……

我試著回想那時的感覺，但腦袋和胸口都乾乾扁扁的，我那過盛的無聊想像力似乎也隨著忙碌而漸漸消失。

不過已經無所謂了……「貓」已經不在我身邊了，現在的我只是一個軟弱的笨蛋，只是緊抱著回憶不放，卻什麼都沒有勇氣去做。

我甚至連打電話楠都沒有勇氣呀！

「……你睡著了?」定春拉拉我的衣角，尾巴左右擺動。

「我在作前情提要。」

我試著說笑話改變氣氛，不過定春和那隻宅度很高的貓不同，顯然聽不懂我的笑話，反而眯起眼睛瞪了我一眼。

「等等，你不是在跟蹤小文嗎?為什麼你會跑來這裡?」我突然想起定春今天一整天都在進行的跟蹤大業：「小文回家了嗎?你不在家她不會找不到你嗎?」

「她還沒回來。」

不知是不是我的錯覺，定春回答的聲音聽起來有些……彆扭?

「她還沒回來你回來幹什麼?你不是要全天候跟蹤她以防她和野貓偷情嗎……你該不會是因為擔心我才提早回來吧?」

定春扭過頭去不看我，尾巴煩躁地甩來甩去，雪白的耳根微微發紅。

「擔心我就直說沒關係呀!有什麼好害羞的……」

我取笑了定春兩句，定春突然站起來，用與外表不符的力氣攔腰抱住我，跳入空中。

「小文要回來了。」

定春抓著我在公園的樹幹中跳躍，很快就離開公園，回到馬路上。

今天晚上的月亮很亮，連一旁的烏雲也被映照成銀白色的，我俯視下方不斷晃動的道路，一時間不知身在何處。

以前的自己總是很茫然地看著眼前每一條路，不知該往何處前進。現在的自己雖然確實踏上了某一條路，但依舊茫然不確定地走著，差別只在於我已經漸漸看不到其他的路了。

我閉上眼睛，任由定春帶著我在都市中飛躍。

再次睜眼，我已經回到我的床上，定春蹲在窗台，居高臨下俯視著我。

「你……很痛苦吧？讓我吃掉你的記憶吧？」

「不。」我退後了一步。

「其實我也不想吃，那種記憶，很苦。」定春像是想起什麼討厭的回憶似皺起了眉頭：「睡吧。今晚不要作夢了。」

定春將手覆在我的臉上。

「你的夢，吵死人了。」

第三日・週六・

週六・週末就是要睡到自然醒

一夜無夢。

許久未體會到的舒適睡眠，讓我回想起在我還是小學生時的某個早晨。

颱風即將來襲，風呼呼地吹著、雨滴滴答答地滴落在鄰居的屋簷上，我在風雨中沉沉睡去，再次醒來時風雨停了，只剩下暑氣被吹走的涼爽早晨。媽媽笑著對我說：已經十點囉！該起床了，今天放颱風假，媽媽能一整天陪你，開不開心？

距離那樣的早晨，原來已經這麼久了。

睡前最後的印象是定春在月光下白皙到近乎透明的手掌，以及讓人聯想到巨大貓肉球碰觸到臉的柔軟觸感，然後我就一路睡到剛才才醒過來。

以前就算沒設鬧鐘睡到自然醒，也很久沒這種睡醒後精神飽滿的感覺了……

等等，鬧鐘，我沒設鬧鐘嗎？現在到底幾點了？沒人打電話找我應該還不是太晚……吧？

床邊的鬧鐘指著七點，還好還好還很早，還可以再睡一下，我躺回床上，滾了兩圈，鬧鐘的時針還是動也不動的指向七點整。

嘖，鬧鐘沒電了。我爬到床尾，把手伸進隨身的包包中翻找手機……找不到，奇怪了，我的手機放到哪去了？我的手機……

該死！我的手機拿給定春用，忘了拿回來啦！

一衝進公司，就看見克拉拉坐在我的位置上，她一轉頭見到是我，就對我露出燦爛的笑容。

「阿哲，你終於來了，人資已經將薪資的資料給我們了，我幫你把帳入好了！你可以回家囉！」

「真的假的？」最不愛加班的克拉拉怎麼可能在假日進來加班？

「當然是……假的。」克拉拉瞬間變臉，由甜美可人熱心助人的白雪公主變成白雪公主的後母：「詩涵打你手機一直打不通，怡君和阿德都回老家了不能來，我只好犧牲睡眠跑來公司了……你到底在搞什麼鬼呀？幹嘛不接電話？」

「我把手機忘在公司了。」我說，「這個不重要，薪資到底算得怎麼樣了？」

「不怎麼樣，詩涵給我的資料對不起來，我退回去給她重算，現在系統好像又出問題了。」克拉拉伸了個大大的懶腰：「不管了我要先回去睡了，你好好思考怎麼補償我假日還要跑來公司的痛苦吧！」

「那誰要來彌補我假日跑來加班的痛苦……」

克拉拉拍了拍我的肩膀，踮起腳尖在我耳邊低語：「好好想想死前有什麼願望吧！說不定我會完成你的願望也不一定。」

什麼跟什麼呀……無視克拉拉臨走前拋的媚眼，我放下手中緊抓的識別證和機車鑰匙，拉開椅子坐了下來。

我的電腦螢幕上赫然出現已漸漸變得熟悉的畫面。

杜湋哲，你的死亡時間是二又十二分之一天後。

距離你的死亡時間還有二又十二分之一天。

時間又縮短了。

我試著打入阿德的名字，測出來的結果還是一千年，完全沒有變成九百九十九年又三百六十四天的跡象，克拉拉也依舊是禍害遺兩千年，為什麼只有我縮短？

到儲藏室拿回手機，果然有近二十個未接來電，大多數是從公司打來的，詩涵、克拉拉還有怡君也打過電話，也有幾通不知道是誰可能是詐騙集團打來湊熱鬧的……正想仔細研究，手機就響了。

「阿哲，你終於接了，你今天會進公司吧？我快死了……幫我買午餐吧！」偉哥有氣無力地說。

「來不及了，我已經進公司了。你幹嘛不自己去買呀？」

「我已經沒力氣走出去了……」

「喂，你是認真的嗎？要幫你叫救護車還是什麼的嗎？」

「不用啦！你那邊有沒有吃的？加太多天班我的存糧已經吃完了。」

「應該有……」我打開專門放零食的抽屜，翻出幾包洋芋片和一包泡麵，雖然不是什麼健康食品，但應該足夠讓偉哥撐到去買正常一點的食物：「我拿下去給你？你有看到詩涵和老大嗎？」

「有，你要找他們？」

「嗯。」我用肩膀夾住手機，兩手抱著泡麵和洋芋片，用腳關上門，踏上救濟加班災民的路途：「我把食物拿下去給你，你幫我跟他們說一聲……啊！」

淡綠色的光點從零食櫃前方的地板竄出，飛過我的鼻子前端，在半空中上下飛舞，我反射性地後退一步，手機從肩膀上滑落，我七手八腳地抓住手機，這時光點一個暴衝穿過隔板。

「怎麼回事？你幹嘛慘叫？」

偉哥的聲音從握在手上的手機傳來，我沒空管他，邁開腳步追到隔板後方，光點用很快地速度上下飄移，看起來非常驚慌，如果我沒有聽錯的話，剛才那個光點飛過我面前時，有個像是小孩子的聲音，用非常恐懼的語氣說——

不要殺我。

我不想死。我不想消失。

這個光點到底是什麼？妖精？怨靈？為什麼聲音會像小孩子？

就在我伸長手臂就可以碰觸到光點的瞬間，光點大亮，像顆流星般衝向後門——

不行！不能跟丟！我按下開門扭，拉開厚重的後門，我只來得及看到光點在空中劃過一條光流，消失在轉角，那個光點飛去的地方是——

我跑過轉角，上方突然喀答一聲，一個雪白的身影從天而降。

從定春的動作可以推測出：定春原本躲在天花板上的隔層，算準了光點要經過這裡時瞬間打開天花板從空中跳下，準備將它逮個正著。這一切乍看之下都很完美，可惜的

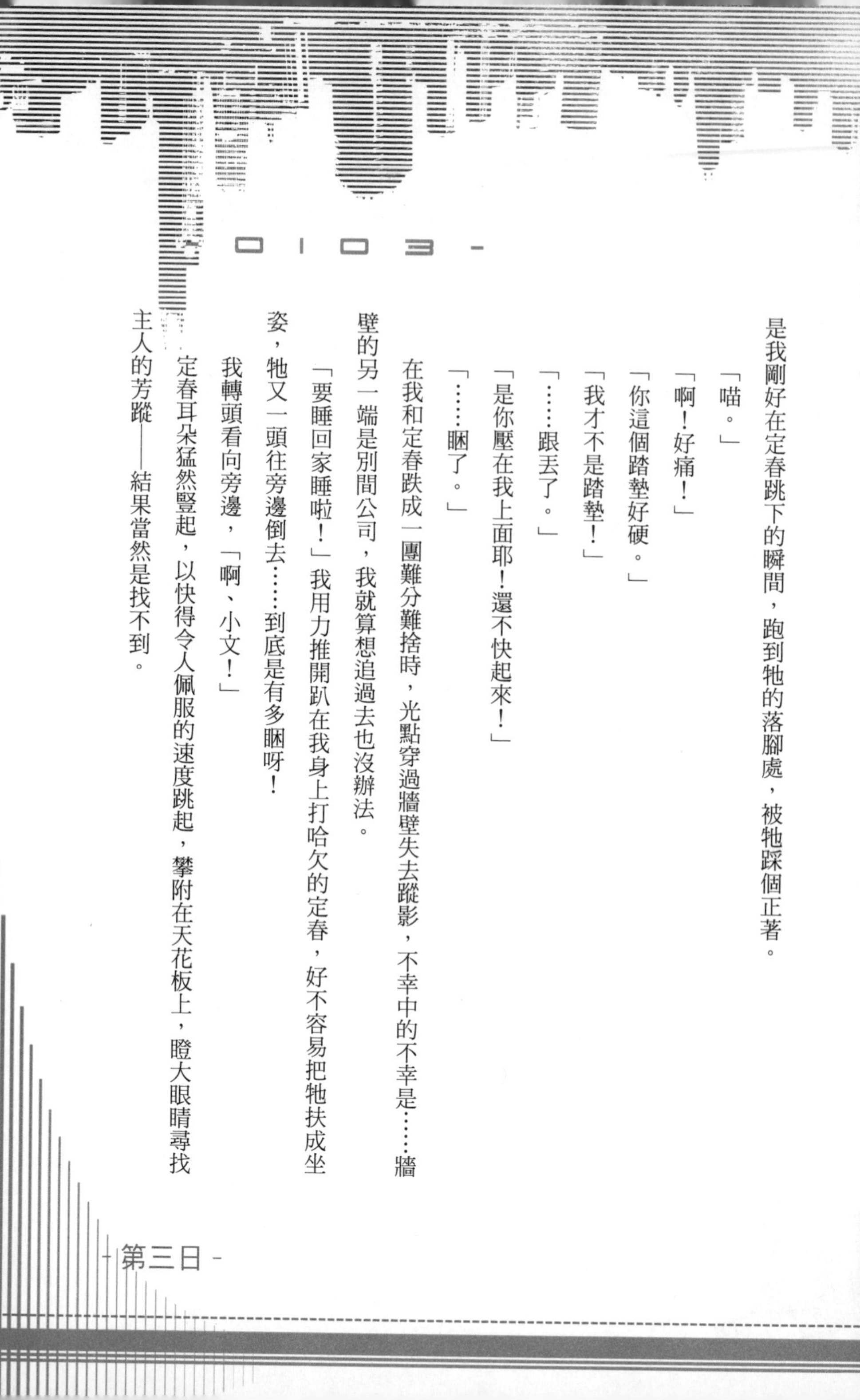

是我剛好在定春跳下的瞬間，跑到牠的落腳處，被牠踩個正著。

「喵。」

「啊！好痛！」

「你這個踏墊好硬。」

「我才不是踏墊！」

「……跟丟了。」

「是你壓在我上面耶！還不快起來！」

「……睏了。」

在我和定春跌成一團難分難捨時，光點穿過牆壁失去蹤影，不幸中的不幸是……牆壁的另一端是別間公司，我就算想追過去也沒辦法。

「要睡回家睡啦！」我用力推開趴在我身上打哈欠的定春，好不容易把牠扶成坐姿，牠又一頭往旁邊倒去……到底是有多睏呀！

我轉頭看向旁邊，「啊、小文！」

定春耳朵猛然豎起，以快得令人佩服的速度跳起，攀附在天花板上，瞪大眼睛尋找主人的芳蹤——結果當然是找不到。

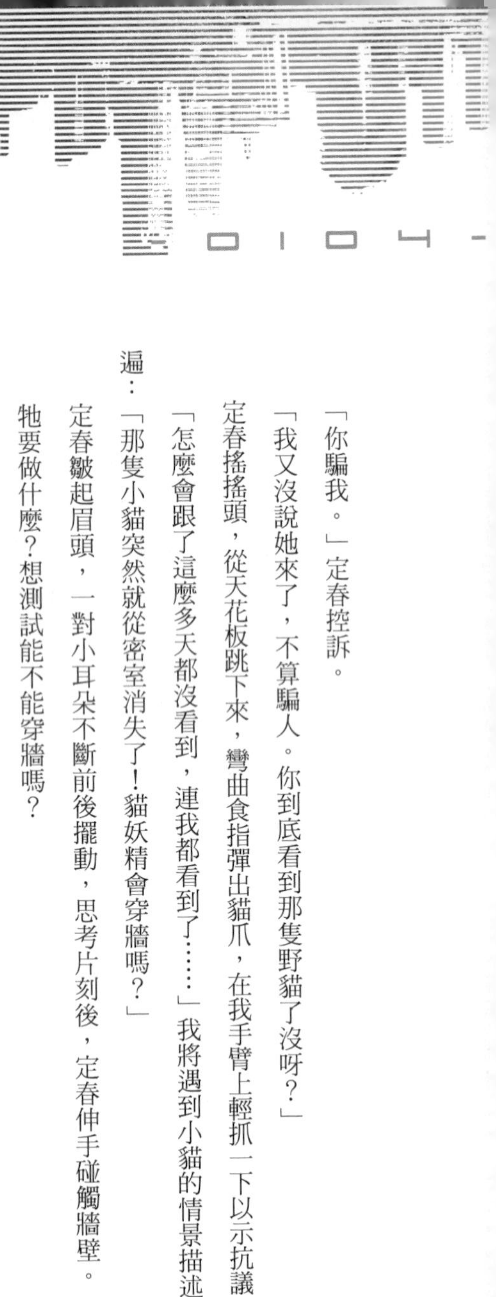

「你騙我。」定春控訴。

「我又沒說她來了，不算騙人。你到底看到那隻野貓了沒呀？」

定春搖搖頭，從天花板跳下來，彎曲食指彈出貓爪，在我手臂上輕抓一下以示抗議。

「怎麼會跟了這麼多天都沒看到，連我都看到了……」我將遇到小貓的情景描述一遍：「那隻小貓突然就從密室消失了！貓妖精會穿牆嗎？」

定春皺起眉頭，一對小耳朵不斷前後擺動，思考片刻後，定春伸手碰觸牆壁。

牠要做什麼？想測試能不能穿牆嗎？

定春突然收回手，用很快的速度往牆壁打去，這一拳快得迅雷不及掩耳，在一聲巨響後，定春抱著手蹲在牆角不住發抖。

打那麼大力應該很痛吧？還有你為什麼會覺得揮拳的速度快一點就能穿牆？

定春將紅腫的右手藏在背後站起來，若無其事地說：「不能穿牆。」

……其實你不用把手藏在後面也沒關係，你眼角的淚水和明顯哭過的紅鼻子說明了一切呀！而且我全都看見了！

顧慮到定春的自尊，我當然沒有把以上的吐槽說出口，只能盡力壓抑住不斷抖動的嘴角，問道：「那剛剛那個光點為什麼能穿牆？」

「那隻妖精沒有實體。你看到的野貓有實體嗎？」

「我是沒摸到……但我想應該是真的貓吧？」

柔柔的叫聲、靈活的大眼睛、隨心情移動的耳朵都和我認識的貓無異……不過嚴格來說我最近看到的貓——包括『貓』和定春，都不是什麼普通貓就是了。

「小貓會消失在密室會不會是用了什麼特殊能力？像是瞬間移動之類的？像『貓』的能力是把『記憶化作現實』，定春你有什麼特殊能力嗎？」

定春用像是想殺人的眼神瞪著我，與其兇狠表情對比的是紅通通的臉頰：「沒、沒有特殊能力又怎樣？」

「阿哲，你沒事吧？」

「阿哲，你幹嘛不接我電話？」

偉哥和詩涵的聲音先後響起，定春率先反應過來，攀上天花板飛快地離去。

「手機剛好沒電了。」我隨口搪塞：「詩涵妳為什麼也上來了？」

詩涵聳了聳肩，「偉哥說他一個人上來會害怕，身為人資我有必要顧慮到同仁幼小的心靈，所以我就陪他上來了。」

會害怕？就算我真的遇到危險，也應該找同是男子漢的老大幫忙，而不是拉女同事上來吧？偉哥你想要把妹也找個好藉口嘛！

在心中吐槽完偉哥，我終於想起今天來公司的目的。

「薪資算好了嗎？」

「老大剛把系統修好了，我等一下就可以開始算薪資，算好了再打電話給你。」

「那我先去做別的事……」我低頭望向躲在我身後的偉哥：「你拉我的袖子幹嘛？」

「我肚子好餓。」偉哥露出可憐巴巴的眼神。

週六．午餐和神秘信件

三碗泡麵，兩罐可樂，兩包洋芋片。

這就是我和偉哥加班日的午餐。

「好、粗……」偉哥解決一碗泡麵，朝第二碗進攻。

「你到底幾天沒睡啦？剛出土的樓蘭古屍臉色都比你好看呀！」

頭髮油膩的程度也和千年古屍不相上下。

「樓蘭是啥？我加班加了四天了，沒辦法，IC下禮拜一就要給客戶了，我又一直找不出BUG，東西又一直出問題，只好住公司跟他拼了，撐不下去就在會議室躺一下……」偉哥咕嚕咕嚕地吞下第二碗泡麵，灌下一大口可樂，才心滿意足的抹了抹嘴：「飽了！我繼續努力去找BUG去也！」

「你好好保重，有餘裕還是回家休息一下比較好。」

順便洗洗頭洗洗澡。這個BUG到底是有多厲害，四天不回家也太拼了吧？

送走偉哥，我打開e-mail收信，看看我昨天忘了帶手機的期間，是否錯過什麼重要的事。

寄件人：詩涵
主　旨：有狀況，請回電

寄件人：詩涵
主　旨：你沒開機嗎？薪資系統又出問題了！

寄件人：克拉拉

主　旨：你死到哪去了？幹嘛不開機？

寄件人：最懂你的小甜心

主　旨：辦公室制服誘惑！超激烈免費網頁！

寄件人：克拉拉

主　旨：可惡！害我週末來公司加班的代價是很大的！

寄件人：克拉拉

主　旨：我討厭週末加班○○XX◎※

以下省略抱怨e-mail十封。

從這個寄信量和寄信時間來判斷，克拉拉妳就算進了公司也完全沒做事不是嗎？

用Delete消滅克拉拉的抱怨信，只剩下一些無關緊要的廣告信和轉寄信。

奇怪，生管昨天不是說要重寄一次資料給我嗎？不會又被歸類到廣告信件匣了吧？

說來公司的信箱管制十分奧妙，常常會該擋的信不擋，讓主旨是「辦公室制服誘惑」這種一看就知道是色情廣告信的郵件長驅直入，而把「五月費用暫估數」之類的正經標題歸類為廣告信件，害大家得常去廣告信件匣找信，實在讓人煩不勝煩。

寄件人：？？？

主　旨：【疑似廣告信件】　不要殺我

寄件人：？？？

主　旨：【疑似廣告信件】　我不想死

寄件人：？？？

主　旨：【疑似廣告信件】　好多人要殺我

點開廣告信件匣，整整一頁的不明信件全都寫著「不想死」、「不要殺我」等字眼。這是新的病毒傳播方式嗎？還是某種奇怪的惡作劇？

昨天好像也有看到類似的信，沒想到寄了這麼多封，主旨都不太一樣。

一方面擔心打開信件會讓電腦中毒，一方面又很好奇這幾封信的內容是什麼，最後我還是好奇心戰勝了一切，再說公司的電腦壞了有人會負責修（好孩子不要學），我移動滑鼠，點了四天前收到的第一封不明信件。

寄件人：？？？

主　旨：呼喚

內　容：

聽見了聲音。

有人在呼喚我。

非常用力地呼喚著。

那個人聽起來很生氣。

是因為急著找我嗎？

我循著聲音找到了那個人。

他瞪大了滿是血絲的眼睛，伸出手。

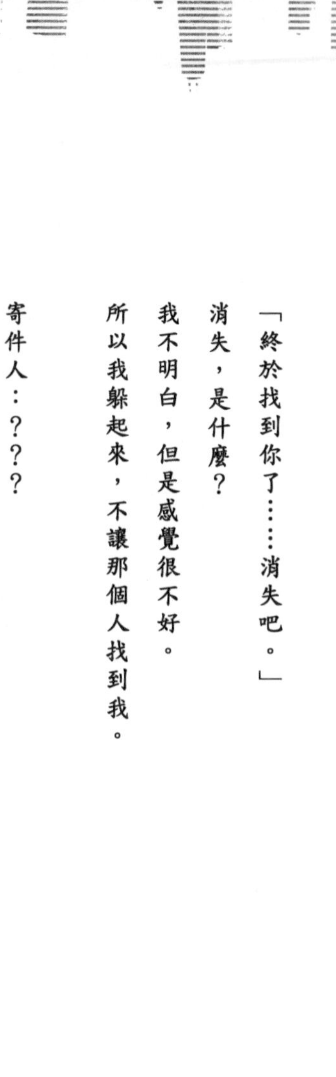

「終於找到你了……消失吧。」

消失，是什麼？

我不明白，但是感覺很不好。

所以我躲起來，不讓那個人找到我。

寄件人：？？？

主　旨：黑暗中

內　容：

那個人不斷地說著我聽不懂的話。

「去死吧！我一定要殺了你！」

「快點消失！」

死：喪失生命。

殺：使人或禽獸失去生命。

消失：消逝不見。

我不想死。
所以，我逃走了。

寄件人：？？？
主　旨：到了新的地方。
內　容：
這裡很好、很安靜，大家都微笑著。
我待了下來。
沒過多久，大家不笑了。
失去笑容的人開始尋找我的存在。
在被找到前，我又逃走了。

寄件人：？？？
主　旨：逃了很多次
內　容：

不管逃到哪裡。

都有人想殺我。

想找我的人越來越多。

連夜晚都不得安寧。

去死吧、去死吧、消失吧、消失吧……

詛咒之聲不絕於耳。

我不想死、我不想消失。

只能逃了。

寄件人：？？？

主　旨：我不想死、我不想消失。

內　容：

我不想死、我不想消失。我不想死、我不想消失。我不想死、我不想消失。

我不想死、我不想消失。我不想死、我不想消失。我不想死、我不想消失。

我不想死、我不想消失。我不想死、我不想消失。我不想死、我不想消失。

我不想死、我不想消失。我不想死、我不想消失。我不想死、我不想消失。

第一封信寄出是四天前，和偉哥開始瘋狂加班的時間不謀而合，種種線索指出……

鈴鈴鈴！

「阿哲，我是小文。」小文停頓了一下，發出幾聲咒罵：「該死！系統怎麼又掛掉了！老張，你早上不是說系統修好了嗎？怎麼又出問題了？快想辦法把這個該死的 BUG 殺掉！」

雖然我不是那個 BUG，小文充滿殺氣的聲音還是讓我膽戰心驚。

「阿哲，不好意思，報表跑到一半系統又當了……老張！快來救人呀！」

「有事妳先去忙吧。」我說。

唉，怎麼連小文公司的系統也出問題了，也太巧了吧……

也許這不是巧合？

先前光點從地底下鑽出時，老大正在樓下研究系統哪邊出了問題。

如果說系統故障是光點造成的，那麼老大修復系統一定會對光點造成某種影響，光點因此從樓下逃到樓上。

接下來光點被我追趕，穿過牆壁逃到隔壁的公司，而隔壁那間公司很不巧的——正是小文的公司。

光點逃到隔壁公司沒多久，小文正在使用的系統就出了問題，剛剛小文已經找人來修理，如果我沒料錯的話……

我起身衝向後面的公共區域，按下開啟後門的按扭，頭頂的電燈突然開始閃爍，我拉開厚重的玻璃門衝向公用區域。日光燈管發出馬上就要壞掉的尖銳呻吟，小文公司的外牆染上了詭異的綠色光芒，轉眼間綠光越來越亮，幾乎整面牆壁都染上了綠色。

——光點從牆壁直衝而出。

我抓緊時機往前一撲，算準了絕對能把光點抓個正著。沒想到我看準了前方沒看清下方，一個不小心踩到一個空罐，原本帥氣的跳躍變成喜劇式的仆街……

到底是哪個混帳亂丟垃圾給我記住啊啊啊啊！

不幸中的大幸是光點為了閃開我的第一撲改變了路線，但它沒料到我會不小心摔倒，光點躲避的方向正好和我摔倒的方向相符合，眼見光點就在眼前，我冒著顏面著地的危險伸出手奮力一抓——

沒抓到。

光點輕飄飄的躲過我的手指，擦過我的手臂飛走，碰觸到光點的瞬間我身體一震，我看見了——

只有數字的黑暗世界。

沒有色彩、沒有溫度、沒有聲音，就連黑暗也不是黑暗，而是一無所有的混沌。長串數字形成的記憶四處飄流，數字串浮起、數字串消失全都在眨眼之間，「我」也只是數字串的一小個段落，不知道自己存在、也沒有任何意義。

直到那個聲音響起的那一天。

「我一定要殺了你！不把你找出來殺掉我就不是人！」

咦？這、這是光點的記憶嗎？

妖精能奪走記憶，也能給予記憶。可能在光點碰到我手臂的那一刻，我看見了光點的記憶，雖然能偵查敵情是好事，但是……

我的臉就要直直撞到地板了啊啊啊！

身體完全動不了，只能眼睜睜的看著地板越來越近，我模糊的感覺到……說要殺了光點的那人聲音聽起來有點熟悉，好像在哪裡聽過，來不及仔細思考，意識再次被光點的恐懼所占據。

「我」、不想死。

「好痛痛痛痛！」

顏面著地的痛楚讓我從光點的記憶中驚醒，我痛得在地板上縮成一團，有人走到我身後，用不怎麼輕柔的動作扶起我。

回頭一看，是定春，不，正確來說是越來越靠近的定春，看著那對隨著距離縮短而不斷放大的大眼睛……

「都已經什麼時候了你在做什麼呀！」我說。

「快走。」定春扯著我的袖子。

「走什麼走？沒看到我痛的說不出話……咦？不會痛了！」

我摸了摸鼻子，上一秒明明還痛得要命，現在卻只剩下麻麻的鈍痛，而且定春這次沒露出往常取走記憶時舒爽……愉快的表情，反而低著頭摀住嘴，活像吃到什麼難吃的東西似的……

「你以為痛的記憶會好吃嗎？」定春猛然抬起頭瞪向我：「呸、呸、呸！難吃、難吃、難吃死了。」

「你拿走疼痛的記憶？可是就算取走了我『過去』疼痛的記憶，我『現在』應該還

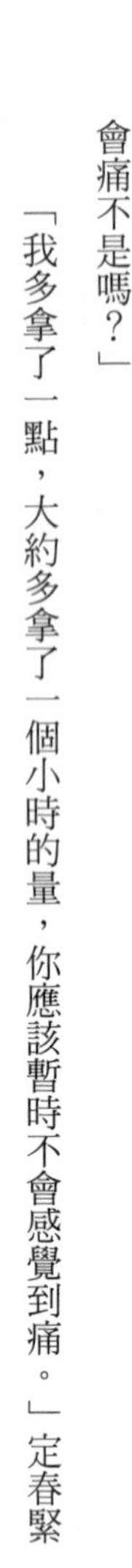

會痛不是嗎？」

「我多拿了一點，大約多拿了一個小時的量，你應該暫時不會感覺到痛。」定春緊皺眉頭：「嗯~真是超難吃的。」

「謝謝。」我伸出手揉亂定春頭頂蓬鬆的白毛。

定春揮開我的手，別過頭去。

「我、我才不是為了你呢！我是為了要你幫忙抓那隻妖精才幫你的！」

「抓……妖精？」

定春露出「你是白痴嗎？」的鄙視眼神。

「我是有猜到這一切都是妖精惹的禍，你是什麼時候知道的？」

這傢伙不是一直忙著跟蹤自己的主人嗎？

「……早上。」定春有些不好意思的移開視線：「小文最近一直加班都沒空陪我，我看了小文的記憶，才發現害她加班的原因有可能是妖精引起的，所以就認真的找了一下……」

「貓果然只有在事關主人的時候才會盡心盡力……」

「要不是被那隻野貓分心，我早就發現那隻妖精的存在了！」

「喔。」……我們這幾天因為加班而爆的肝到底是為了什麼呢？

定春露出小小尖尖的虎牙：「你不想逮住它我也無所謂啦，反正我只要守在小文的公司不要讓那隻妖精來干擾小文就好了……某人付不出那個叫薪什麼水的也和我沒關係。」

「不，請務必幫忙。」大丈夫能屈能伸，小職員為了五斗米不要說是折腰、連後空翻都做得出來呀！「你要幾包點心請說吧！」

定春固作嚴肅地板起臉孔，不斷擺動的耳朵卻洩露了牠的想法。

「二十包點心。」

週六．下午開始尋找妖精大作戰

目前可以確定的事

？？妖精（暫稱為 BUG 妖精）

外型：約十元硬幣大小的淡綠色的光點

能力：引起電腦系統或電器故障，只要有人針對混亂的電器進行維修或對混亂本身懷帶殺意，妖精就會離開目前寄宿的電器前往下一個電器。

「想逮住牠的話就聽我的指示。」定春瞇起眼睛凝視前方，「它剛剛是往下跑……我看見了！它快到三樓了！快走！我搭電梯，你去走樓梯。快點！」

「好！」我往樓梯間衝去，三步併兩步衝下樓。

出了樓梯間，就看見少年姿態的定春像壁虎一般攀附在天花板上，見到我就動了動耳朵，要我在原地等待，金色的貓眼專注地望向天花板，彷彿這麼做就能看出光點會從什麼地方現身，

還沒來嗎？光點飛行的速度比想像中的還要慢，回想起來，光點出現的時候很少會直線飛行，常會像無頭蒼蠅一樣在空中亂繞，仔細想想光點速度不算太快，要不是能穿牆，說不定連我也能抓到它。

定春突然瞇起眼睛，往前爬了兩三公尺，天花板隱隱浮現淡淡的綠點，像是上課用的雷射筆變成綠色投射在天花板上……

在綠色光點鑽出天花板的同時，定春出手了。

白色的閃電劈向淡綠色的光點，結果當然毫無疑問——

閃電比光點更快，光點不可能逃過定春的掌心。

不、沒有抓住。

光點輕飄飄地飄出定春的掌心。

定春抓了第二次、第三次，光點全在定春緊握手掌的瞬間逃出掌控。察覺到定春的殺意，光點開始在空中驚慌地到處亂竄，看起來就像是有人拿雷射筆在空中亂揮，讓人看得眼花繚亂，完全看不出光點的位置。

原以為定春會受此影響而慢下速度，沒想到定春竟像是早已料到光點的去向等在下方，早光點一步躍起，一雙利爪在空中一揮——

眼見綠色光點就要被貓爪撕裂，不知哪來的衝動讓我張口大喊。

「不！不要殺它！」

定春一愣，揮爪的動作慢了一秒，原本已無路可逃的綠色光點藉機逃出定春的掌心，往更高處飛去，這時定春躍勢已老，開始下墜。

「可惡！」定春罵了一聲。

平時定春總是輕聲細語，看來這次他真的生氣了。

定春彎曲右手手指亮出貓爪，右手往天花板奮力一抓，貓爪勾住天花板，接著定春以右臂當支點往前擺蕩，左手往綠色光點抓去！

貓爪接觸天花板時發出一聲巨響，定春的貓爪刺入天花板中，掌心和天花板完全密合，此時到處都沒看見綠色光點的蹤影。

「抓到了？」我問。

「躲進天花板了。」定春攤開手掌，掌心空無一物，「你剛剛為什麼阻止我？」

「我……因為它好像很害怕。」

「你就不害怕嗎？」定春跳回地面。

「害怕？」

「你不是很怕沒辦法完成工作嗎？」定春直視我的眼睛：「一切都是那隻妖精引起的，為什麼不讓我消滅它？」

「不、那不一樣……」也許是因為我曾接觸到綠色光點的記憶，我似乎多少能感覺到它的心情：「那隻妖精它沒有惡意，它甚至連它的存在引起了種種混亂也不知道，它只是誕生了，如果為了自己而把它消滅也太過份了……」

定春看了我一會。

「酬勞加倍。」

竟然無時無刻不忘趁火打劫！

「吃太多點心對身體不好喔。」我說。

定春聳了聳肩，「我不是要——它在你右邊！」

「右邊？」我轉頭看去。

右邊什麼都沒有呀？還有定春明明就在旁邊，為什麼要我去抓呀？

定春急迫地說：「往右走兩步，蹲下去，它會出現在你右手邊……注意！它來了！」

定春一句話還沒說完，光點就從我腳邊的地板直衝而上，我趕緊合上雙手，卻只來得及抓住殘影。

「往右邊走一步，右手舉到耳邊，左手舉到鼻子前，跳！」

雖然搞不清楚定春到底想做什麼，我還是在第一時間照牠的話去做。

說話間光點一直在呈現不規則曲線亂飛，當我要起跳的前一刻，光點忽然下墜到離地約兩公尺多的地方——我跳起來就能碰觸到的位置。

光點飄到我眼前。

「就是現在！」定春喊道。

「喝啊！」我用最快的速度闔上雙手！

不知是我掌風太猛還是闔掌的速度太慢，光點從我雙手中間飄出，這時定春大步一跨走到我身旁，往上伸出手。

我猜得沒錯！定春不出手果然就是為了要上下夾擊！

我一落地，光點就來到定春上方，當我正以為定春要起跳，我在下方接應時，定春突然彎下腰——

抓住我的腳踝。

「咦？」牠、牠牠牠牠要幹什麼？

定春用和纖細外表不符的怪力把我舉起，用揮舞球棒的架勢把我往前揮出去——

「啊啊啊！快撞到天花板了……啊啊啊啊啊！我的眼鏡要飛了、我的頭頂啊啊啊！」

身體失去控制的不安、整個人被抓起來亂甩的恐懼以及頭頂擦著天花板的疼痛讓我忍不住大叫，在這混亂到極致的時刻，我的腦中不合時宜的浮現了奇怪的小劇場……

光點投出一記變化球！

光點魔球忽快忽慢、忽上忽下、打者定春該如何應對？

定春高舉他最愛的球棒阿哲！定春揮棒了！

好精彩的打擊！

球棒阿哲的頭頂正中光點魔球！

沒錯，我的頭頂正中綠色光點。

……抓到了？

……不對，應該說是「打到了」。

……所以現在綠色光點是在我的額頭上嗎？

……我是不是該抓住它，不然它又要逃了……

我遲鈍地舉起右手，昏了過去。

「醒了？」定春向我伸出手：「先起來吧。」

「我、怎麼了？」我抓住定春的手坐了起來：「抓到了嗎？」

定春搖頭。

「我明明就看見它撞到我的頭……」

「撞上了，也穿過去了。」定春懊惱地垂下耳朵。

「也對，光點都能穿牆了，能穿過人體也沒什麼好意外的，等等……它能穿過人體，那妖精呢？」

「也能穿過。」

「這樣呀……」我就覺得奇怪，定春先前有幾次差點就抓到光點，卻還是讓光點逃掉了，原來那時不是沒抓到，而是光點穿過定春的手掌逃走了，「那接下來該怎麼辦？」

定春沒有回話，而是伸手碰觸我的額頭。

「你……還好嗎？」

「還好呀？怎麼了？」我一頭霧水。

「你還記得要給我一年份零食的約定嗎？」定春一臉認真。

「什麼時候變一年份了？你不要趁火打劫！把我摔傻了就什麼都沒有喔！」

「我怕妖精穿過你的身體會有什麼不良影響，看來應該沒事。」

原來定春是在關心我呀！我覺得有些感動，伸手揉揉定春的耳朵。

「嗯，看來你會昏倒應該是我不小心讓你撞到頭的關係。」

……我沒抱怨你把我當作電蚊拍抬起來去打蚊子了，還把我抓去撞到牆是怎樣？請考慮一下電蚊拍的心情好嗎！

我忍不住加重揉耳朵的力道，要不是怕被報復，真想拔幾根毛洩憤。

「嗯哼哼哼。」定春發出幾聲抱怨：「你剛剛真的沒作夢？」

「沒有，直接就昏過去了，醒來時就看到你的臉了。這麼說來，我在昏過去之前，

好像有看到光點附近有細細亮亮的線……」

定春瞪大眼睛。

「你也看見了？」

「你也看得見？那些線是什麼呀？」

「我也不知道，只要專心就能看到這些線。」定春像近視的人想看遠處東西時般瞇細了眼睛：「像這樣就能看得見。」

「這些線有什麼作用嗎？」我問。

「應該是某種行動的軌跡。像光點在飛的時候，它的前端會出現這種細線，我能從這些線預測到光點的行動。」定春瞪了我一眼：「別問我，我也是這幾天才發現有這個能力的。」

我剛剛就懷疑定春為什麼能預測光點的走向，原來是獲得新能力了呀！

「那你有看到光點接下來要去哪裡嗎？」

「往那邊去了。」定春指向我們公司三樓的大門。

「不早說！快點追上去呀！」

系統再出問題薪水要付不出來了！那我就死定了！

「追上去，然後呢？」定春問：「追上去還是抓不到呀。」

「也對，它能穿牆穿人穿妖精，就算追到了又能拿它怎麼辦？」我認真思考：「你能讓我看一下剛剛的記憶嗎？」

「嗯。」定春和上次讓我看見黑影一樣，用手在我額頭上一點。

我跳起來，沒抓到光點，落地。

定春抓住我的腳踝，把我舉起來。

光點如同預測般沿著細線飛翔。

我被定春抓起來用力揮舞，頭頂擦過天花板，往光點的方向撞去。

我的頭和光點互撞，光點穿過我的頭，定春再一次使勁揮舞我。

砰！我的頭撞上天花板。

「你也太過份了吧！就算你拿走了我關於痛的記憶，我的頭還是會腫起來呀！」我抗議。

「專心看。」定春再次碰觸我的額頭。

同樣的畫面，這次我把注意力放在光點前端的細線上。

靠近光點的細線是鮮豔的藍色，離光點越遠顏色越淡，形狀也不斷變動。

我和光點互撞，光點從我身上穿過去後，從十元硬幣左右的大小變得只剩小指甲那麼小，光芒也越發微弱。

定春視線移開了，這時他緊張地抱住我，防止我撞過天花板又撞地板造成二次傷害，眼尾只瞥見光點微弱的白線通往公司大門。

「再來一次。」

為了逃避我們的追捕，光點在空中四處亂竄，速度太快，在定春的眼中留下了一條細細的殘影。

要不是前面還拖著一條藍線，就算定春的動態視力比我強上幾百倍，也沒辦法準確預測光點的去向，不要說光點後面還拖著一條殘影擾亂我們的判斷。

如果說……那不是光點本身的光留下的殘影呢？

砰！我再次撞向了天花板。

第三次觀看定春的記憶時，我死命盯著光點後面拖著的白線，那條線非常細小，幾乎和米色的天花板融合在一起。

白線的形狀和光點的行進方向不符合，應該不是光點快速行進時留下的殘光，事實上，白線一端接在光點後方，另一端則通往了……天花板。

不管光點如何移動，白線在靠近天花板的這端都不曾動過。

「我找到第二條線了！在光點的後面有第二條線，你看這邊的天花板，有沒有看到一條很細很細的線？」我興奮地指向天花板。

定春瞇起眼睛，「看到了。」

「……我沒看到。」奇怪了，昏倒前明明就看得到呀！

定春動了動耳朵，握住我的手，「看到了嗎？」

我眨了眨眼睛，在定春的記憶裡看見的白線懸浮在空中，尾端接到天花板。

「為什麼會有兩條線？」定春問。

「嗯……」如果是預測未來動向的線，就不應該有兩條，還是說第二條線代表的是過去的軌跡？但白線所在的位置和光點剛才出現的地方不一樣……

那麼、這條線到底代表什麼意思？

「先上去看看？」定春提議：「去找線的源頭？」

「也好，在線的源頭說不定能找到什麼線索……你的臉髒了。」

我才剛舉起手，定春就瞇起眼看向我的右手：「怎麼了？」

「有線。」

我低下頭，有一條線從我的手上接到定春的臉上，接近我的這端是明顯的藍色，定春臉上的則是接近白色的淺藍。

眨眼間，這條線因為我的停頓消失了。

我再次伸手擦拭定春的臉，線再次出現在我和定春之間，線只有一條，這次我很確定，接在我手上的線只有一條。

那麼……接在光點後方的那條線究竟代表了什麼？

我瞪向懸浮在天花板下方的白線。

突然間，白線動了。

白線從我和定春正上方的天花板往建築物的外側移動，先是呈直線，停頓了一下，白線往右轉，往前約五公尺，往左轉。

我猜白線會動應該是連接在白線另一端的某物開始移動，不過這路線怎麼看怎麼熟悉，移動的速度也和人類步行的速度差不多……

「我知道了！」

也不管定春滿臉困惑，我拉著定春衝去按電梯。

這些線根本不是什麼過去和未來的軌跡。

我們該去思考的也不是該如何抓住光點，而是……

光點為什麼會出現？

有「因」必有「果」，有「果」必有「因」。

光點的出現一定有原因。

對照我收到的不明信件和光點的回憶……

光點感覺到「殺意」才甦醒。

光點離開出生地是因為「有人日夜追殺他」。

那麼讓光點誕生的「因」、白線另一端的人是——

週六．兇手就是你！

「喔，阿哲，你還在呀！」

偉哥一邊熱情地向我打招呼，一邊將濕答答的雙手往牛仔褲一抹——如我所料，這傢伙剛從廁所回來，白線移動的路線就是偉哥從實驗室前往廁所的路線。

如果我沒猜錯的話，這傢伙就是罪魁禍首！

「在呀。」我隨意回道。這時我站在自己的座位前，定春躲在我的座位底下，用牠長長的尾巴纏住我的腳，把『看到線』的能力借給我。

（看到沒？）定春問。

（還沒看到啦！我把眼睛瞇得都快閉起來了還是沒看到！你的能力到底有沒有問題呀！）我藉由把記憶給定春進行無聲的對話。

（說不定是你猜錯了。）定春抱怨。

（不可能……會不會是你的尾巴碰到的是褲子，沒辦法把能力給我？）

才剛「想」完，定春毛絨絨的尾巴就鑽進牛仔褲。

「嗚、好癢……」尾巴擦過短襪邊緣，留下又舒服又癢的奇特觸感，尾巴繼續往上爬，纏住我的腳：「喔、嗚、嗚呼……」

「你怎麼了？」

偉哥向前走近一步，我怕他發現躲在桌子底下的定春，情急之下只好張大嘴：

「哈、哈哈啾！」定春的尾巴終於緊緊纏住我的腳。

再次睜開眼睛，藍色細線就出現在偉哥的額頭上。

兇手果然是你！

偉哥對 BUG 的殺意是「因」，光點的誕生和行動是「果」。從此可以推測，靠近「因」這端的細線是藍色，靠近「果」的這端則是白色，所以光點的後方會有一條白線，前方有一條藍線，白線是從偉哥那裡連向光點的因果線，藍線則是光點移動時的軌跡。

「你還好吧？」偉哥皺起眉頭，眉心中央突出的細線也隨之晃了晃。細線從額頭垂到偉哥腳邊的地板，另一端消失在地板之中。

「沒事、沒事……你的進度如何了？」

「沒進度，還是找不到 BUG 在哪裡，程式的 BUG 已經夠難找了，偏偏儀器又出了問題，儀器沒問題時就換電腦當機，本來已經沒問題的地方又有問題，簡直像是大家都在幫忙掩護這個 BUG 一樣，我找到都快想殺人了……好想快點把那個 BUG 碎屍萬段啊哈哈……」偉哥發出崩潰的笑聲，藍色的細線也隨之發亮：「不跟你聊了，我要趕快回去了……」

偉哥揮了揮手，留給我一個搖搖晃晃的背影，垂在腳邊的細線隨著偉哥的步伐緩緩移動，最終隨著偉哥進入實驗室而不見蹤影。

兇手是找到了，接下來該怎麼辦？

跟偉哥說這一切都是因為你對 BUG 懷帶殺意，因此 BUG 變成妖精甦醒了，要他在 DEBUG 時要有一顆溫柔的心……我想這個不會有用。

乾脆叫定春取走偉哥這幾天不愉快的記憶算了……不過要是不小心動到和工作有關的記憶就糟了。

試著把連接在兩人中間的線弄斷……不曉得會不會有什麼不好的影響？

可惡，到底該怎麼辦？

「很簡單呀。」定春從我的座位底下爬出來，打了個大大的哈欠：「交給我吧！」

「啊？」

定春幾個跳躍就翻過辦公室的重重隔板，直接到達偉哥的實驗室門外，當我意識到牠想做什麼時，定春已一腳踹開實驗室的大門。

「阿哲你幹嘛……咦？小姐妳是誰？為什麼有貓耳？這是角色扮演嗎？」

砰！砰砰砰砰！

當我衝到實驗室門前，所有的一切都在偉哥的慘叫後結束了。

偉哥趴倒在桌上一堆散亂的電路板上，除了一邊的臉頰壓在電路板上有些破皮和脖子上有一記手刀打出來的紅色痕跡外，他的神情很安詳，看來定春的動作非常乾淨俐落，偉哥沒受什麼苦。

兇案現場有些電路板或儀器因為撞擊而掉落在地——根據研判應是偉哥在後退時撞掉的，這些恐怕也是砰砰磅磅的聲音的源頭。

至於打昏偉哥的兇手——定春睜大雙眼一臉無辜地望著我，水汪汪的金眸中飽含著某種期待。

……這這這這是在期待我稱讚他嗎？不、重點是……

「你為什麼打昏他？」

「解決問題。」定春酷酷地回道，「他的記憶就是讓光點誕生的原因。」

之前聽貓說過，新的妖精要誕生都需要大量同類型的記憶，什麼樣的記憶就能夠孕育什麼樣的妖精。

這棟有許多科技公司租用的大樓有上千台電腦，每家公司也有自己的管理系統，這些系統和電腦無可避免的有著大大小小的 BUG，這些 BUG 的記憶是光點孕育的溫床，而讓光點覺醒的則是——

偉哥想消滅 BUG 的強烈意志。

為了找出 BUG，早點完成工作，偉哥從四天前開始沒日沒夜地尋找 BUG，沒想到這些強烈的「記憶」反而造成光點的覺醒。證據是第一封不明信件寄出時間是四天前，偉哥也是四天前開始加班的！這時其他人的系統還沒出問題。

光點不想消失，便引起混亂來掩飾自己真正的存在，因此偉哥的電腦當機、儀器掛點……但這些困難並不足以阻止偉哥的意志，光點因為害怕而逃走了。

光點逃到我們公司的機房，會計和人資的系統頻頻掛點，薪水眼看就要發不出來了。

光點逃到小文的公司，小文用的系統出問題，小文開始瘋狂加班。

雖然不知道其他的公司的情形，但我想他們也多少有遭殃。

光點雖然逃走了，為了不讓自己（BUG）被找到並消滅，它不得不時常回來引起偉哥電腦的混亂，來掩飾自己的存在。

簡單的說……偉哥就是造成自己爆肝爆了四天的元兇，不曉得偉哥要是知道這件事會作何感想……不過當然不能讓他知道就是了。

「該是結束一切的時候了。」一定春說。

定春捏住顏色已變淡不少的細線，把細線像收風箏的線一樣收在手上，沒一會兒就被定春收了一小團纏在手掌上。

我也好奇地摸了摸細線，觸感不像我想像中的會燙手，摸起來有些濕潤，很有彈性，稍微施壓也不會斷。不曉得把這個線捏斷會發生什麼事？

捏在手中的細線忽然震動了一下，開始急驟縮短。

「它來了！」定春出聲警告，同時頭頂上的電燈也開始發出即將壞掉的呻吟。

光點從地底竄出，在偉哥的電腦前盤旋，光點的亮度變得十分黯淡，原本鮮亮的綠色已經變成枯葉般的褐色，看起來有點可憐。

「我不想死我不想死我不想死……」它的細語開始帶著哭音：「不要殺我不要殺我不要殺我。」

「我們沒有要對你怎麼要，你先冷靜一下。」我一朝它伸出手，光點就激烈地上下亂竄，那姿態簡直像在……捍衛什麼一樣。

「我不會殺你，但是你差不多該停止亂跑了吧。」定春的聲音很難得帶了點威嚴：「我晚上還想被小文抱著看電視呢！」

……你的願望也太渺小了吧？再說你這樣說不會不好意思嗎？

定春瞪了我一眼，不斷轉動的耳朵有些發紅。

「聽話！我知道你聽得懂！」

「懂……不殺……？」光點終於不再亂動，停下來用猶豫的語氣說：「不殺我？不會被消滅？」

「嗯，你不會消失。我和定春會想辦法讓你能繼續活下去，你也不要再亂跑好嗎？」我試著用最溫柔的聲音說：「你可以先回答我幾個問題嗎？」

光點在空中轉了兩圈，「問題……可以……回答。」

「你為什麼要逃走？」雖然這個問題的答案已大致知道，我還是想親口知道答案。

光點飛到偉哥頭上，「他要殺我……我怕。」

果然是你！你就不能溫柔地找出 BUG 嗎？那麼殺氣騰騰的幹什麼？

「你可以引起電腦混亂？」

光點飛到主機旁，偉哥的電腦螢幕開始抖動，出現一堆亂碼。

「你為什麼要引起混亂？」我問。

光點一動也不動，也沒有出聲。

「你會引起混亂是想掩飾你真正的存在吧？你的……本體在哪裡？」見光點沒有回

答，我伸手放在主機上：「你的本體就在偉哥寫的某段程式裡是吧？」

「我……不……可是……」

光點正在猶豫要不要告訴我，這種心情我可以理解，它就是因為不想消失才會引起種種混亂。

我不知道光點究竟是哪段程式的 BUG，最快的方法就是把偉哥電腦裡的資料統統刪掉，但一來偉哥可能會瘋掉，二來這樣等於殺掉光點太可惜了……

「把它存進去隨身碟不就好了？」定春用鄙視人的語氣說。

我為什麼會沒想到這招！

「你為什麼會知道隨身碟是什麼？」我問。

「小文常會忘了帶隨身碟回家，一直抱著我哭說這樣她在公司偷寫的小說就沒辦法繼續寫了。」定春露出無奈的表情：「我只好趁她睡覺的時候去公司拿，再偷偷放在她包包裡，隔天假裝不小心撞掉包包，讓隨身碟很自然的掉出來，還真是累死我了……」

還真是隻忠貓呀！不只要防止主人和別隻貓偷情，還要幫主人拿忘了帶回家的東西……還有小文妳上班的時候都在幹什麼呀！

「更過份的是……小文有時故意不帶隨身碟回家，隔天隨身碟出現的時候還會以為家裡有家庭小精靈，我從家裡跑到公司很累好嗎！」

「就某方面而言，你也算是類似小精靈的東西呀！再說你不要理她任性的要求就好了，她騎車到公司也不用多久呀。」

「怎麼可能不管她！」定春撇過頭去，「別說我的事啦！快點想辦法解決這件事快點回家睡覺啦！」

「可是我怎麼知道哪個程式是它的本體？」

「叫它自己存去隨身碟不就好了？」可能是想睡或難為情，定春的語氣相當暴躁，「竟然讓貓來指導人類怎麼用電腦！這個人類是怎麼回事！」

光點飛到定春面前，「存到……隨身碟，我不會消失？」

「不會，因為你已經存在了，哪會這麼隨隨便便消失？」

見我一臉疑惑，光點也沉默不語，定春嗤了一聲解釋道：「像人生下來後，不是也可以和媽媽分開嗎？打個比方來說……好麻煩，我想睡了。」

我懂了！那段有BUG的程式是類似胎盤的東西，存有BUG的程式則是子宮。光點可以離開存有BUG的電腦，就代表它已經「誕生」了。

人類誕生之後胎盤就失去了作用，妖精應該也差不多吧？把程式存到隨身碟也只是讓光點安心……至少我是這麼猜啦。

「那先來取名字吧！」定春斜視一眼：「我知道你又要問為什麼了，名字是有魔力的，天地萬物都有其真名，只要有名字……好麻煩，好睏。」

好啦！我知道你真的累了！解決這件事就快回去睡吧！

「要取名字呀……」沒想到我有機會可以為新誕生的妖精取名，我一定要認真思考取一個最帥的名字：「既然是引起混亂的妖精，那就叫凱歐斯（Chaos）……」

「就叫阿亂好了！」定春果斷地說：「你以後就叫阿亂，知道了嗎？」

「阿亂……我叫阿亂？」光點怯聲聲地問。

「等一下！我想叫他凱歐斯呀！妖精還是要取外國名字比較帥！」

「不要吵！你知道名字很難唸的痛苦嗎？你知道明明是公貓還常因為名字有個春被誤會成母貓有多煩人嗎？我說叫阿亂就是阿亂！」

好啦，我承認也曾經覺得定春的名字很像小丫鬟。

「阿亂，我不會常來這裡，以後要聽這位大ㄕ……大哥哥的話喔！」

不要以為我沒聽到那個「ㄕ」，你是想叫我大叔沒錯吧！我還不到三十歲呀！

「我還不到三歲。」定春瞪了我一眼，眼神滿是「沒叫你爺爺就算客氣」的鄙視，

「以後不可以再亂跑囉！」

「嗯。」阿亂乖巧地說，「我會聽大哥哥的話。」

「跟我去拿隨身碟吧！」我向阿亂招手：「你把你的那段程式 copy 進隨身碟裡，我會幫你好好保存，好不好？」

「這樣大家就不會生氣了嗎？」

「不要亂跑到電腦或是……」我望向實驗室裡種種我叫不出名字的儀器或機題：「有電的東西上，大家就不會生氣了。」

「好。」

阿亂飛到我的掌心，我伸出一隻手指想摸摸它的頭，才想到我碰不到他，這時我發現阿亂的光芒越來越弱。

奇怪了，我還沒動到它「本體」的程式呀！為什麼它會……轉頭想問定春是怎麼回事，這時阿亂的光芒已消失到不會刺眼的程度，坐在我掌心的不再是個光點，而是……長著翅膀的小女孩。

女孩只有五十元硬幣大小，有著一頭淡綠色的頭髮和綠色的眼睛，翅膀是淡淡的金色，皮膚則如同月光一般白皙。

女孩……阿亂發現我在看他，害羞地低下頭，伸出小小的手勾住我的小指，小聲地說：「大哥哥，我會聽話的，不要欺負我。」

這這這這不就是我夢想中的可愛妖精嗎？愛吐槽的「貓」還是怕麻煩又愛趁機揩油的偽貓耳美少女都沒這種的好呀！

「一年份的零食，還有三套衣服……反正我是趁火打劫的偽貓耳美少女嘛！」定春在我耳邊涼涼地說道。

附帶一提的是，因為我還來不及去買衣服，定春今天穿的是我面試專用的襯衫二號，上面已經出現好幾個洞了。

「你怎麼可以偷看我的記憶！思想是人類唯一的自由，你怎麼可以把我偷偷在心中吐槽的權利奪走！」

「誰理你。」定春向我揮了揮手，「我去監視小文有沒有和小貓偷情了，掰。」

馴服阿亂之後，一切都很順利。

人資的薪資系統恢復正常，詩涵在一個小時後把薪資的資料給我，我和她都露出如釋重負的表情。

偉哥在一個小時後醒來，當然，他不記得任何和定春有關的事，定春早就把那段記憶奪走了。為了不讓偉哥繼續爆肝加班找 BUG，我央請阿亂把偉哥找了半天找不出來的 BUG 修改掉，偉哥一覺醒來後發現 BUG 竟然自動消失了，馬上欣喜若狂的跑來找我，只差沒在我臉上親個兩下以示慶賀。

……我也許能開個 DEBUG 專門店之類的。有阿亂在，應該什麼 BUG 都能找出來吧！不過我並沒有這個打算，幫我賺錢不是阿亂的責任，好啦……嚴格來說幫我解決問題也不是定春的責任，吐槽歸吐槽我還是很感謝牠的。

「阿亂，我要回家了，妳就先留在公司，不要隨便亂跑喔。」我說。

阿亂抓住我的衣角，「大哥哥不要我了嗎？」

「不是不要妳，而是我不知道妳能不能離開這裡。」阿亂是因電腦及電子儀器而誕生的妖精，離開了辦公大樓這種充滿了電腦的環境不知是否可以繼續生存：「妳就先待在公司吧！我後天就回來了。」

阿亂低下頭，過了一會才放開我的衣角，對我揮揮手：「掰掰。」

做好薪資，買了定春想吃的零食，拎著不知道是晚餐還是宵夜的炒飯回到家，已經是九點了。

打開房門，看見我有點亂又不會太亂的房間，突然百感交集。

我到底……都在幹什麼呀？

我無力地癱倒在床上，陷入沉睡。

週六．累得要死還是會作夢

「你還不是每次都只點起司蛋餅。再說培根的焦香和玉米是絕配，你懂不懂呀！」

「妳怎麼每次都點這個呀？」

「一份培根玉米蛋餅。」

楠塞了兩塊蛋餅在嘴裡：「真想再來一份。」

會胖喔……我默默地想，沒有說出口。

事實上在那個年紀沒人擔心吃宵夜會發胖、熬夜會爆肝（至少沒像現在那麼擔心），

那時候吃宵夜還是常態，大家常熬夜熬到四五點，隔天還是生龍活虎的到處亂跑。

和楠交往後，只要白天沒見面，晚上就會很有默契地打電話約對方出來，有時也不

一定要吃什麼，去校門口的早餐店喝杯豆漿或是在學校的 7-11 吹吹冷氣也可以。

「吃飽了，走吧！去海邊散步！」楠笑著說。

高雄的夏天熱得要命，白天常會熱得吃不下，只有到了夜晚，海風吹起，暑氣消去，胸口的煩燥才會稍微減低一些。

深夜的學校是沒有法制的，我直接把機車停在海堤旁，今晚的海堤隔外熱鬧，每隔一段距離就有一對情侶在卿卿我我。

「走裡面一點。」我說。

牽著楠的手走了一陣子，楠才說：「就這裡吧！」

學校的海堤有點陡，我穿著球鞋抓地力比較強還算好爬，楠穿著涼鞋恐怕不容易爬上來。

我爬上海堤，向楠伸出手，「上來吧。」

「我自己來！」楠走到離海堤五六步遠的地方，雙手擺出手刀的架勢開始衝刺。

「小心……」我擔心她會掉下來，沒想到話還沒說完，楠已經靈活地爬上海堤，撲進我懷裡。

「哈！我成功了！」楠靠著我喘氣。

「坐好，這個姿勢妳不舒服吧？」

「哪個姿勢才會舒服？」說完楠才發現這句話十分曖昧，臉紅了紅就自己找了個位置坐好。

我沒有笑她，伸手把她圈在懷中，不讓她看見我發燙的臉。

今晚月光很亮，海浪的邊緣染上了淡淡的銀色，我們就這樣一直注視著海洋，一隻橘子色的貓出現在碎波塊上，我對牠動動手指，橘子貓對我喵了一聲，又跑進碎波塊的陰影了，印象中大多數的貓都怕水，為什麼這隻貓老是會出現在碎波塊上，這實在是個謎。

「我最喜歡海了。」楠輕輕的將臉頰靠在我的手上：「要是能一直這樣就好了……就像是小說或是連續劇裡說的『時光就停止在這一刻』，不過，如果說這是我的夢想的話，是不是有點沒志氣呀？」

她輕輕拉住我的袖子，看著我的眼睛裡有月亮的影子，嘴唇因為吃完飯擦過護唇膏有些微微濕潤。

我低下頭，含住她的嘴唇，用舌頭輕輕描繪嘴唇的形狀，舌頭掃過她的嘴角時，她在我懷中細細地顫抖，她的護唇膏嚐起來涼涼的，有些檸檬的味道。

海風吹拂在我們身上，她的長髮輕輕拍打著我的臉，遲歸的船隻的汽笛聲嗚嗚地鳴叫，我和她卻只聽得見彼此的呼吸和心跳，彷彿這個世界上只剩下我們兩個一樣。

「我也希望能一直和妳在一起，不過，時間應該是無法停止的吧……」我在她的頭上印下一吻：「我想，時間沒辦法停止也沒關係，以後還會有很多好事會發生的。」

──不！不會有好事發生的！

我對夢中的自己大喊。

──之後你會和她分開，每天做無聊得要死的帳，為了沒辦法付薪水心驚膽跳，還動不動就會被預告快死了……抱緊她！在能作夢的時候作夢吧！

然後，我就驚醒了。

床頭的鬧鐘指著十點半，窗外天色還是黑的，應該是晚上十點半吧？我扶著脹痛的頭，坐在電腦桌前吃已經完全冷掉但願沒壞掉的炒飯。

登入MSN，馬上跳出三個離線訊息。

怡君：薪水的進度如何了？

克拉拉：想好要請我吃什麼了嗎？害我假日進公司加班的罪是很重的！

阿德：你要請克拉拉吃什麼？見者有份！

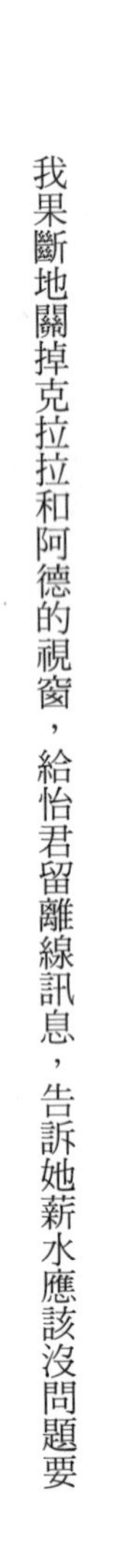

我果斷地關掉克拉拉和阿德的視窗，給怡君留離線訊息，告訴她薪水應該沒問題要她安心。

怡君沒有回覆我，不只是怡君，大家都不在線上。我慢慢地移動滑鼠滾輪，看著MSN連絡人清單上灰色或綠色的小人，回想對方是誰、回想我和對方發生過的事。

有些帳號想了很久，還是想不起來帳號的主人是誰，可能是名字換了、可能是暱稱改了，或是對方本來就是一時興起加進來的網友，所有的連絡人林林總總竟然也有上百人，平時會聊到的也不到十個人。

屬於楠的小灰人很久很久沒上線了，她的MSN暱稱仍是當年那個「國境之楠．要畢業了好寂寞」。我已經記不起來她上次上線是什麼時候了，不，也許她現在就在線上，只是她封鎖我、刪了我的帳號，順帶把我從她的人生消除。

關了電腦，沖了澡，我拿出冰在冰箱的啤酒，灌下第三瓶才開始有了睡意，我用手背遮住眼睛，沉沉睡去。

第四日・週日・

週日．早上（？）．原本應該懶洋洋的早晨

小文．加班ing：嗚嗚，我又來加班了！不是說好週休二日嗎？為什麼我週末還要來加班啊嗚嗚嗚！

小文．加班ing：可惡！你一定還在睡！太可惡了我也好想睡呀！好想打人！我好想揍我的老闆呀！

小文．加班ing：我主管也來了，不能鬼混了……

一早打開MSN，就收到小文傳來的訊息，看來這可憐的傢伙又跑去公司加班了。

至於我呢……今天是不用加班的星期日，辦公室也在打臘，就算有天大的事也沒辦法叫我去公司，我可以慢慢消磨時間。

打開揍老闆的網頁，熟悉的辦公室場景再現，我慢慢地移動滑鼠，尋找辦公室中能痛揍老闆的武器，直尺、剪刀、鍵盤、垃圾桶……湊齊了十七樣武器之後，揍老闆的留言板連結出現了。

果然第一篇就怨氣十足。

「拜託你先確定好數字再叫我做好嗎?你是我主管會不知道數字一動，我做的東西就要跟著動嗎?每次數字都變來變去，都已經做到第十八版了數字都還沒確定是怎樣?地獄也只有十八層呀!真是夠了!你數字不確定我來加班也是枉然呀混帳!還我陪貓的時間呀!」

……怎麼感覺這段話好像在哪裡聽過，該不會發這篇的就是小文吧?

說曹操，曹操就到，小文傳訊息給我:「可惡，你一定剛睡醒吧!好羨慕……」

「當然。」我有點壞心眼的回道:「而且我打算繼續睡。」

「啊啊好過份!我討厭你!」

我想像她嘟著嘴打字的樣子，很沒良心地笑了。

「今天很多人去加班嗎?」我問。

「沒有……只有我……還有我主管……Orz 對了……我好像也有看到你家老闆耶!他也太拼了吧!我昨天晚上還有看到他跑來加班耶!」

「那是他吃飽太閒，不該管的也管，又沒人叫他管那麼多事……」

「是喔……我以為他人很好說，之前在電梯前面遇到他，有時會聽到他打電話問老婆要不要買晚餐，感覺很疼老婆。」

仔細想想，老闆確實對老婆小孩都很好，也不像某些有錢人三妻四妾或在公司蓋後宮，可是……

「對家人好和對員工好是兩回事！」

「哇嗚你的火氣也好大喔！啊……我要忙了，先匠啦！」

在小文離開後，我無聊地瀏覽了幾個網頁，打開 MSN 看連絡人名單，拉到《大學》的分類，果然沒有半個人在線上。也是，在風光明媚的週末中午，有男女朋友的都出去放閃光了，沒有的也該出去搭訕了，誰會在這時候待在家裡呢？

突然覺得四周安靜的不可思議，雖然上班的時候總是埋頭做著工作，但分機不時會響起，同事間講完公事總是會不忘聊個幾句，怡君和阿德總是吵吵鬧鬧的。

到了週末，大家幾乎都離開新竹返家了，所以週末總是特別的冷清。

差不多該出門買午餐了，我在心中盤算，下午是要去書局逛逛，還是找偉哥去哪邊運動呢？

叮咚叮咚！小文的 MSN 視窗跳出來猛力震動。

「喂！你在線上嗎？」

等不及我回答，小文又傳了一行訊息。

「發生了很奇怪的事……」

正想回覆小文，我的手機響起，螢幕上顯示著人資一姐詩涵的大名。薪資不是算完了嗎？她找我幹嘛？我突然有了不祥的預感。

「喂！阿哲！你知道老闆跑去哪裡了嗎？」詩涵急促地說。

「我不知道，妳找不到他嗎？」

「就是找不到才問你呀！我昨天算完後把薪資的資料放在他辦公室，他說他晚上會進去看，看完今天中午前會打給我，結果他沒打來，我打電話給他也沒接，他到底跑去哪裡了呀！」

「現在也才剛過中午沒多久，妳先別緊張，妳要不要打給老闆夫人問問看？」

「我打了，夫人剛好回娘家去了，她說她昨晚九點多有打電話回家，但沒人接，我怕我會害夫人擔心，就沒再問了……」

「他會不會只是出門忘了帶手機呀？」我問。

「我就擔心是這樣，所以我已經守在他家門口了！」

算妳狠，「別緊張，我們都已經做好了，只差他沒簽名核准，妳幹嘛這麼緊張？」

「那是你不懂……你知道我為什麼每次都要先把資料送給你們做嗎？」

按照正常流程，人資做好薪資後應該是：人資主管簽核→老闆簽核→會計部入帳。

詩涵每次都會先把資料送給財會部先入帳，按照規定應該是不可以這麼做，不過反正主管和老闆也很少會修改，所以我們都會跳過這個步驟先入帳，等資料到財會部就可以直接送簽。

「為了節省時間？」

「沒錯！你知道老闆看薪資要看多久嗎？每一筆都會反覆看，還會拿上個月的資料去對，有時還會問我『你覺得我付這麼多薪水給這個員工值不值得？』還要我論述這個員工的價值，天曉得每個員工進來的薪水都有經過他審核，他還問個屁呀！」

大人息怒呀！

「上次他從晚上七點看到凌晨兩點，最後一個數字都沒改，真不知道他為什麼要看這麼久，催他快一點，他還會說『要是出問題妳要負責嗎？』」透過手機，我還是可以感覺到詩涵深深的怨氣：「總之他要是鬧失蹤，薪水就有可能要開天窗了！」

可是老闆大人身上有長腳，我怎麼可能會知道老闆會跑去哪……等等，小文剛剛好像說她有看到老闆進公司加班？

「妳等等！」我衝到電腦前，移動滑鼠看小文之前的訊息，這時紗窗突然啪一聲被踹進了房間，一個白色的影子一躍而入。

掉在地板上的紗窗破了一個大洞，一隻有白毛的腳卡在紗窗的洞上，身體的其他部位全都被窗簾所覆蓋。

「什麼聲音？」詩涵問。

有隻笨貓妖精跑進來我房間，腳還卡在紗窗裡拔不出來。

「沒事，妳擔心的話我就去公司看看。」

「謝謝，阿哲你人真……」

「有事再打給我，掰。」我果斷阻止詩涵再發一張好人卡給我，無奈地走到窗邊：

「喂，想從窗戶進來也別那麼暴力好不好。」修紗窗也是要錢的。

我掀起窗簾……

然後又蓋了回去。

可惡！不過是隻公貓！我在臉紅個什麼勁呀？

「……不要看。」

「太慢說了吧！」

「是你太快掀了。」變成人型的定春從窗簾中探出頭，努力把腳從紗窗上拔出來。

「誰知道你會沒穿呀！」

「……趕時間。」定春揚了揚抓在手中的衣物：「你想忘掉我的裸體的話我可以幫你。」

「不用了！你到底進來幹嘛？」而且還破壞了我的紗窗和窗簾！

「我感覺到小文遇到了怪事……」

對喔！被定春一攪亂我差點忘了這件事。

小文．加班ing：

「喂……阿哲，你還在嗎？

事情真的很奇怪。

我剛看到我的主管刷了門禁卡，走出門外。

中間都沒有人打開過門。

可是我剛拿東西進我主管的辦公室，看到她趴在桌上，怎麼叫都叫不醒。

我想要打電話叫救護車，可是電話完全打不出去，手機也是。

我剛試過了，門完全打不開，雖然我現在沒什麼事，但實在很可怕。

你可以來公司找我嗎？」

「是妖精，我們馬上出發吧。」定春很快作出決定。

唉，平靜的週末結束了。

「妳等一下，我馬上就到。」我簡單回覆完小文，進廁所換了外出服——雖然定春是公的，但在牠面前換衣服還是有點不自在，一走出房間……

我呆立在原地。

定春皺著眉，不自在地研究領結的打法，蓬鬆的白髮因為換衣服而夠顯蓬亂，隱藏在白髮的小耳朵不斷抖動，琥珀金的大眼睛不解地盯著構造複雜的粉色衣物，櫻桃色的小嘴似乎因為擔心主人，緊緊的抿著，而他纖細有如白雪的身體，正穿著粉紅色的水手服，下半身則穿著黑色的皮熱褲。

「你你你……」

「……幫我。」定春招手要我過來。

「你你你你怎麼穿成這樣？」可惡，我幹嘛大舌頭呀！

「哪樣？」

「為什麼要穿水手服和熱褲？」

「你說不能穿你的衣服。」定春皺眉：「而且你又還沒幫我買新衣服，只好偷拿小文的衣服了。」

「小文又不是沒有普通的T恤和牛仔褲！幹嘛選這麼奇怪的衣服？」嘴巴上說不要，但我的身體還是很認命地走上前，幫定春搞定水手服的領結。

「因為我找不到女僕裝。」定春動了動耳朵：「你昨晚有夢到女僕裝嗎？」

「再欺負我我就不幫忙囉。」

「你才不會。」定春斬釘截鐵地說。

我沒辦法否認，只好試圖轉移話題：「你幹嘛穿成這樣？」

「我不能拿小文常穿的衣服，我怕她會發現衣服不見了。」

沒想到這隻波斯貓在緊急之時還考慮那麼多，那在踹飛我的紗窗前為什麼不考慮一下呀！

「可是你這些衣服穿了還是要洗……」說著說著，就看到一雙琥珀色的杏眼充滿期待地看著我：「好啦我洗啦！反正我就是敵不過你們這些貓。」吵不贏總可以認輸吧！

「我知道。」定春一臉「貓咪就理所當然有貓奴伺候」的欠揍模樣：「快點，該出

發了。」

「等一下我拿一下車鑰匙……」

「不用了。」定春踏過我飽經摧殘的紗窗，一腳跨在窗台上，對我伸出手：「來吧。」

「等一下那我晚一點怎麼回來？」我慌張地想退後。

「一樣。」

定春一把抓住我的手，就跳進了天空。

週日・中午・暴走進行曲

其實我不討厭我的房間。

雖然租金有點貴，熱水總是要很久才熱，房間有點亂，常常會有霉味，是個平凡到不能再平凡的房間，但是我真的不討厭我的房間。所以，在我那充滿平凡且充滿霉味的房間快速離我遠去的時候，我覺得格外傷心。

「啊啊啊啊啊啊！」

很快地我就看不到我住的那棟公寓，定春單手抓住樹枝，右腳往樹幹上一踢，瞬間又再度竄出五六公尺。

「啊啊啊啊啊啊！」剛剛額頭被樹枝彈到啦好痛！

定春像拎小貓似的攔腰抱著我，不斷在樹和電線桿間跳躍，我一顆心像跳到了嘴裡，下一秒心臟又被甩在屁股後。

「……喂。」

「怎樣啊啊啊！」

這次我差點慘遭一根樹枝的阿魯巴，幸好定春臨時轉向，我才驚險地躲過，才正慶幸『某處』平安無事，眼鏡又差點飛了出去。

「我的力量快用完了，快想像。」定春的動作漸漸慢了下來。

「我比較想去想像我騎機車的樣子……」我小聲抱怨。

「不要逼我來硬的。」定春瞄了我的嘴唇一眼，粉色的嘴角露出若有似無的微笑。

「我錯了。」我突然抖了一下：「想像就想像吧！誰怕誰！」

我開始想像。

想像定春跳躍的模樣。

無比輕盈的身軀，有如鞭子一般迅速的劃過天空。

想像牠跳起來時感受到的風、想像牠眼中不斷倒退的風景、想像牠的白髮在風中飄動的樣子。這些想像是那麼的真實，真實的就像是記憶……

而記憶，就是妖精的力量。

後腦勺一陣酸麻，我的記憶出現了短暫的空白。

「嗯哼。」定春愉悅地舔了舔嘴角，加速前進。

週末的園區格外的空曠，除了少數加班和排班的不幸人士，幾乎沒什麼人經過，不過這樣也好，要是被認識的人看見了定春現在這個樣子……

我稍微想像了一下有可能發生的對話。

「啊哈哈……真拿現在的女孩子沒辦法……什麼貓耳什麼角色扮演的，真是搞不懂呀……」

「可是她的耳朵在動耶！」

或者是……

「什麼？我背後有東西嗎？」

「少來了！快介紹！」

「呃……他不但不是正妹就連人類也不是喔！」

「不用擔心。」

定春突然加入了我的幻想世界。

「我可以幫忙消除記憶……」

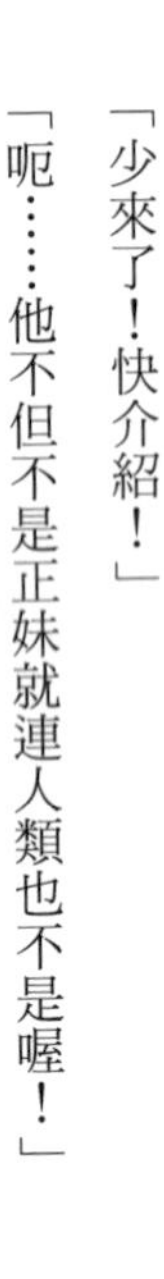

這麼說還真讓我鬆了一口氣，「可是被太多人看到也沒辦法吧？」

「我是指可以幫忙消除『你』的記憶。」定春面無表情地說，但總覺得他那雙琥珀杏眼中，隱藏著無辜以外的訊息：「不記得的話就不會覺得丟臉啦。」

「那樣子的話更慘吧！」不但丟臉丟光了！連別人在嘲笑你也不知道！

「會嗎？」定春若無其事地說。

「痛！」我的鼻頭猛然撞在定春的腰上。

「到了。」定春在公司前的電線桿上緊急煞車，拎著我在電線桿上轉了兩圈，減緩速度才順著電線桿滑下來。

「嗯~」

好不容易回到地面，不要說是華麗的擺出出場姿勢，我用盡了全力才沒有吐出來，超級英雄果然不是好當的！

我在地上蹲了幾分鐘，頭才終於不再暈眩，抬起頭卻發現公司的大樓四周看起來相當平靜，完全不像發生了什麼怪事的樣子，於是我決定先尋求正常途徑進公司找小文。

「先進去看看好了……」我習慣性的從包包裡拿出門禁卡……

不對我根本沒帶包包呀！哪來的門禁卡！

「都是你啦！現在我要怎麼進去？就等個兩分鐘讓我拿東西和騎車是會怎麼樣……」而且從剛剛落地到現在，我的腳還在發抖啊啊啊！

「從那裡進去。」定春指向辦公大樓的某處。

「哪裡？」我看了半天，仍不知個所以然來。

「爬上去就知道有哪個窗戶是打開的。」

「可惡，你明明就不知道你幹嘛裝作你知道的樣子呀？」我忍不住埋怨。

「你又不是不知道貓都有近視，那麼高我哪看得到呀……」定春揉揉眼睛，一臉無辜地說出驚人的事實：「像剛剛有好幾次我都看不清楚，差點就撞……」

「拜託你不要再說了！」不然我現在會很想打道回府，「我們能不能呼叫阿亂來幫我們開門？」電腦的 BUG 都能解開了，開門對阿亂來說應該是小菜一碟。

「我剛就呼叫過了，沒有回應。」定春十分著急：「你再想想哪裡有窗戶。」

「你之前不是爬進去很多次嗎？怎麼會不知道哪個窗戶有開？」

「我進得去的地方你未必進得去，你比我胖多了。」定春說。

我拒絕和一隻只有四公斤的波斯貓比體重。

「你爬進去幫我開門不就好了嗎？」我冷靜地指出。真搞不懂我們怎麼會為了這麼蠢的問題討論這麼久，一定是剛剛被定春拎著在空中跳來跳去的時候撞到頭了！

「啊。」定春半張著嘴巴，指向天空。

「怎麼了？」

「空中有線。」

我抓住定春的手，「什麼線？」

「有條線呀，從上面垂到地面……你看，在那邊。」

順著定春的手指看去，我看到垂到地面上的細線，雖然昨天成功解決了阿亂事件，但我和定春還是搞不清楚這條線的詳細功能，只能根據現象猜測細線和因果以及行動的軌跡有關。

沿著細線往上看去，三樓的窗戶旁有一個人半懸在空中，不斷扭動掙扎，距離太遠有點看不清楚，我只能勉強看出那人似乎在和大樓內的某種東西對峙，但那人只撐不到一秒鐘，就被推出窗戶，從空中落下。

「定春！」

「嗯。」定春俐落地往上一跳，在二樓的高度揪住了那人的衣領。

在抓住那人的瞬間，定春開始往下墜落，而且墜落速度比我想像中的快速，隱約中我覺得那人的身影有點熟悉，但我管不了那麼多了，我向那人落下的地點全力衝刺。

接到了！

X的！好重！

接住那人後，我無法站穩，為了不讓那人受傷，我緊緊抱住那人，在柏油路上滾了兩圈，才終於完全靜止。

痛死人了！這個人到底是誰怎麼會這麼重……

我推開眼前的人，用擦破皮的手肘撐起身體，眼角餘光瞥見定春已先躲在樹上，對我眨著眼睛。

然後我把視線轉向那名不幸的受害者……

「喔！怎麼會是你！」

「喔！怎麼會是你！」「喔！怎麼會是你！」「喔！怎麼會是你！」「喔！怎麼會是你！」「喔！怎麼會是你！」「喔！怎麼會是你！」「喔！怎麼會是你！」「喔！怎麼會是你！」「喔！怎麼會是你！」「喔！怎麼會是你！」「喔！怎麼會是你！」

「喔！怎麼會是你！」

那是我天天都會聽到、無比熟悉的聲音。

我剛剛拼命救的人，就是我每天都會見到面、晚上做惡夢也會夢到的敝公司開國第一號員工也就是我們的老闆是也！

……我是答應詩涵要來公司幫她找老闆，但我沒答應她要和老闆抱在一起在地上滾來滾去啊！

我暗自嘆了口氣，小心翼翼地握住那雙厚實而且有很多手毛的手，努力讓自己臉部不斷抽動的肌肉不要糾結在一起，用最誠懇的聲音開口。

「老闆，你沒事吧？」X的！我剛剛還抱得那麼緊！

「還好！沒怎麼樣。」老闆伸手拍了拍肩上的灰塵，我則很幸運地目睹老闆的襯衫在腋下破了個大洞：「幸好平常有在做善事才能化險為夷。」

你確定嗎？還有那個破洞是怎麼回事？你賺這麼多需要這麼省嗎？

「喔！對了，你怎麼會在這裡？今天不是要打蠟不能加班嗎？」

「……我來拿手機。」

「喔。」這位固執的老人家很難得的沒有打破沙鍋問到底，似乎是陷入了沉思，不過也對啦，要是我被某個人毆打還是推下樓，我也會深深反省自己是不是做了什麼壞事、結了哪個仇家。

「奇怪了……」老闆沉思完畢，中氣十足地說：「我人這麼好，怎麼會有人想要打我呢？」

不，你眼前正好有一位，而且他很想揍你一頓。

「小心！」黑影快速竄來，我一把拉住老闆的領子往後仰倒！

可惜還是不夠快，在和黑影交錯的同時，響起清脆的皮肉聲響。

那聽起來很像連續劇有人被呼巴掌的聲音，聽起來有莫名的爽快感——尤其是我的臉又不痛的時候。我用下腰的姿勢仰望著天空，努力忍住即將浮現的笑容，然後……

黑影之爪自上方襲來。

情急之下，我抱住老闆，往旁邊一滾，勉強躲過一次攻擊。

這時我和老闆倒成一團，一時半刻站不起來，要是有下一次恐怕就躲不過了！

在黑影再次撲向我們的同時，定春從樹上跳下攔截黑影，我撐起痛得要命的膝蓋，拉住老闆的手，不顧他的抱怨往大門跑去。

平常只是從大門走去牽機車的距離，這時卻變得極為遙遠，黑影和白影在樹和電線桿間快速交錯，我拉著重物（老闆），全力向大門衝刺。

那兩扇玻璃門就在眼前，如果是電影的話，主角絕對會差點被抓到，但仍英勇帥氣的躲過一擊。

「小心！」

「啥？」

我正想帥氣地開門跑進門內，腳下卻一滑，眼見就要迎頭撞上玻璃門，我緊急往後仰去，落入一個溫暖的懷抱。

就在那一刻，我和身後的老闆四目相對。

我的眼底突然湧出了淚水。

嗚，為什麼是你？

我好想哭呀！

我堅強地用袖子抹了抹眼睛（順便少看老闆幾秒），往更裡面的門走去。

「快點進辦公室，這樣子能躲的地方比較多！」我在口袋裡左掏又掏……可惡！我又忘了我沒帶門禁卡！

「大哥哥，快點進來！」

阿亂出現在玻璃門的另一側，我趕緊拉著老闆衝進門內。

「快點上去！」我對老闆喊道。那些黑影很明顯的不屬於現實世界，八成也會穿牆，躲進建築物也不保證安全。

老闆不知怎麼的站在原地不動，我扯了幾次索性從後面推著他走，仔細想想我這員工還真是盡心盡力，真該給我加薪呀！

「……不可能。」老闆一動也不動地看向前方的陰影處。

「啥？這樣也被你聽到了？」不對呀，我剛剛有說話嗎？

阿亂飛到我的肩上，「大哥哥，你剛剛沒說話。」

「不可能……不可能……」

老闆不斷地搖頭，但那搖頭的方式有點怪，不像是脖子在轉頭跟著動，而是頭的移動牽動了脖子。

啵、啵、啵……

老闆的頭一晃一晃地轉了過來，滿是皺紋的臉上浮起紅色的巴掌印。

在陽光所照不到的角落，小小的黑影四處跳躍……而且不只一個！

我抄起放在角落的掃把，在老闆面前亂揮一通，抓起老闆的手就跑。

「快跑，樓上的黑影比較少。」阿亂說。

我在電梯和樓梯猶豫了一會，往樓梯間跑去，雖然樓梯爬起來又慢又費力，但搭電梯的風險實在太大了，要是一個不小心被關在電梯裡的話，我不就要和老闆在電梯裡共度週末假期了嗎？想都別想！下輩子吧！

「喂！那個誰……」

一聽到老闆的呼喚，我馬上又戴上了好員工的面具。

「請問老闆有什麼指示？」

「我們現在要跑去哪裡？」

「報告老闆，我還在想。」我說。

「你不會不知道吧？我不是說過凡事都要有計劃嗎？要有完美的計劃才會有最高的效率，不管是做再日常的工作都要想不同的做事方法……」

老闆就是老闆，不管在何時何地何種情境下都不忘開導員工。

「老闆小心！那東西追上來了！」

雖然什麼都沒看到，但為了耳根的清靜，我故意大喊，然後我很快的就後悔自己真是個烏鴉嘴……

「我靠！真的追上來了啊啊啊！」

黑影飛竄的速度非常地快，我拉著老闆拔足狂奔，撞開開四樓的安全門，在老闆通過後迅速關起，隨便找了個門就躲了進去。

「你帶我到廁所幹嘛？」老闆狐疑地看著我。

……也對，我進來廁所幹嘛？

我看向阿亂，阿亂聳了聳小小的肩膀，表示她也不知道。

「算了，我正好也有點想……」老闆打開了廁所的門，走進廁所，再把門關上。

這老頭的神經到底是什麼做的啊？才剛被不明物體追殺，竟然還有心情上廁所！不怕上到一半連褲子都還沒穿就……算了我還是不要想像下去了。

我脫力地靠著男性廁所的門。

……我到底在幹嘛呀？

剛剛明明還懶得出門吃飯，還在想著怎麼找楠，結果現在拉著老闆的手上演逃生記，仔細想想，我不是來公司找小文的嗎？怎麼會變成這樣呀……

阿亂察覺到我的沮喪，拍拍翅膀飛到我面前，摸摸我的鼻子。

「妳之前有看過這些黑影嗎？」我小聲問阿亂。

阿亂搖頭，「今天第一次看到。」

「妳有看到之前發生了什麼事嗎？像是黑影出現前老闆做了什麼之類的……」

「沒有，我之前在睡覺，你們來才被吵醒。」阿亂露出沒辦法幫忙很抱歉的表情，飛回我的肩膀上。

為了不要聽到尷尬的聲音──像是流水聲、排氣聲或噗通聲──我把握這短暫的平靜時刻，努力思考。

第一：黑影是哪來的？

我想那八成跟妖精脫不了關係。黑影雖然看起來來勢洶洶，但戰鬥力似乎不怎麼高，感覺比較像小孩子出氣……

等等、出氣？那個黑影該不會和揍老闆的網站有關吧？

搞不好架設這個抱怨老闆的匿名留言版是個陰謀，像是收集大家怨恨老闆的記憶，好召喚出專門揍老闆的妖精……

好爛，可是又搞不好是真的。

第二：要怎麼消滅黑影？

嗯，妖精的事可能還是要交給定春來處理……等等、定春跑哪裡去了？

「喵嗚。」廁所門外傳來抓門聲和小聲的喵嗚叫。

「喔、什麼事？」老闆很有精神地問。

「沒有，我出去看一下情況。」你專心大便啦！

一打開門，果然就見到白色的波斯貓一臉委屈的站在門外，一身美麗的長毛被弄得亂七八糟，嘴巴叼著衣物，一副歷經千辛萬苦才趕到這裡的模樣。

「記憶用完了？」我問。

定春可憐兮兮地仰頭看向我，「喵」了一聲當作回答。

我嘆了口氣，抱起定春。

三十秒後。

恢復人型的定春重新穿好衣物，心滿意足地舔著嘴角，一雙銳利的金眸仍不斷向我上下打量，而我則是全身脫力的坐倒在地上。

可惡……我怎麼覺得我好像失去了什麼很珍貴的東西……

「那個誰……你還在嗎？」老闆的聲音很難得的帶了點猶豫和乞求的味道。

「我在。」

「嗯……沒有……衛生紙了……」

……誰叫你要 Cost Down 叫員工自己帶衛生紙，後悔了吧？

三分鐘後。

老闆發出解放後如釋重負的嘆息。

「喔、不曉得現在我的老婆在做什麼呢？」

我哪知。

「本來想買午餐回去給她吃的……不知道她會不會很擔心……」

「他在幹嘛？」定春小聲問道。

「我也不知道……陷入老人家的感嘆吧？」我把握住老闆陷入感傷的時間，悄聲和定春交換情報：「小文情況怎麼樣？」

「她很好，沒有危險，攻擊好像是針對『老闆』來的。」

「那個黑影到底是什麼？」我問。

「黑影好像是某個妖精，但似乎有妖精在背後操縱。」定春動了動耳朵。

「該不會是有人利用留言版收集怨氣，利用這股怨氣創造了揍老闆妖精，然後來懲罰老闆們吧……不管是誰我感謝你！話說回來，不覺得我們已經很久沒被攻擊了嗎？」

「也是，剛剛黑影追得很緊，我好不容易才擺脫他們，為什麼這麼久沒出現？」定春也有些困惑。

「那些黑影還沒消失。」阿亂說，「我可以感覺得到。」

「啊哈哈、該不會都跑去打別的老闆了吧？」

應該沒哪個老闆和我們家老闆一樣熱愛工作，週末沒事還跑來加班的吧？

喀、喀、喀……高跟鞋踩在拋光石英磚的聲響由遠至近、自門外傳來，我和定春面面相覷。我把廁所的門打開一條縫往外看去。

「感覺不妙，要逃嗎？」定春提出相當實際的建議。

「我是很想……」

我看向身後的廁所門口，門後依舊是嘩啦啦的水聲，我試著去想像老闆罵我的樣子，但是怎麼想像，眼前浮現的都是一個老頭在週末加完班去買便當的景象，只在尾牙看過的老闆夫人在門口苦苦等他回家。

可惡！不管是再怎麼混帳的傢伙都有人在等待著他呀！

要是丟下老闆，我不就變成了拆散大魔王和魔王的小孩的壞蛋勇者嗎？

在掙扎逃與不逃之間，沉重的安全門「啪」一聲地被撞開，穿著高跟鞋的高瘦女子往我們所在的男廁走來。

似乎曾在哪裡看過的臉相當的蒼白，頰側有點紅腫，眼睛下有濃濃的黑眼圈，短髮染成時髦的淺棕色，似乎因為太過忙碌而被抓得亂七八糟，右側的身體隱藏在安全門的陰影後，肩膀有些歪斜，似乎是抓著什麼重物。

喀、喀、喀……

女子走出角落的陰影，這時我終於看清她手上拿的是什麼了——

她拿的是包含台座的裁紙刀，而且是那種可以裁B4大小的紙的那種，這女人拿著這麼大一把裁紙刀想幹嘛呀！

「老闆……在哪……裡……？」

女子細瘦的身體發出不成比例的低沉聲音。

「我……要……砍……死……他……」

不要隨便講出這種嚇死人的話！而且妳根本不是我們公司的員工吧！沒事跑來砍我們公司的老闆幹嘛！冤有頭債有主、要砍要砍對老闆呀！

「她似乎被黑影附身了。」定春說。

「那要怎麼辦？對她灑豆子還是喊惡靈退散？」我問。

定春很明顯的完全不想理會我的笑話，「你先試試看她還有多少自我意識。」

「怎麼試？」

「去強吻她……當然是跟她講話呀！」定春再次因為我資質駑鈍而皺起了眉頭：「阿亂，外面很危險，妳先留在廁所。」

「我呢？我也……」

定春二話不說，一腳把我踹出廁所。

「啊、呃、妳好……」我尷尬地說道：「我沒有敵意。」

女子面無表情地看我，「你……知道……我是……誰？」

「我……」

等等，她到底是誰呀？我努力搜尋腦中的資訊，既是老闆、今天又有來加班、而且應該是女性的人……

「妳是小文的主管吧？妳好像是姓……王？王副理？」

據我所知，小文的老闆——也就是她的副理今天也有來加班，這也是我所知唯一符合條件的人選。

「對……那……又怎麼樣？」副理喉間發出嘶嘶的聲音，揮舞手中的裁紙刀：「讓開！」

「妳……先別衝動。」

我頭皮發麻地看著裁紙刀，大型裁紙刀總是讓我聯想到斷頭台，再說就算沒被那個裁紙刀打到，被下面重死人的台座打到也夠受了。

喀、喀、喀……細跟高跟鞋在地板上發出清脆的聲響，看起來怨念深重的 OL 一步一步逼近。

「等等等等一下！妳自己就是小文的老闆啦！幹嘛要砍老闆啊？」我提出質疑。

高跟鞋緊急煞車，細長的鞋根刮過地板發出一聲尖銳的聲響。

「你不懂……你們都不懂……作下屬的怎麼會懂……」副理低著頭，咖答咖答地搖晃手中的裁紙刀：「下屬整天都在抱怨上司很機車，然後嫌主管沒事只會挑我的毛病，還說我拍馬屁……屁啦你們以為我是瞎子還是聾子呀！我整天被夾在中間當三明治超慘的啦！」

磅！背後傳來撞擊聲，我和定春同時轉過頭。

「你們在吵什麼吵呀？」老闆撞開廁所的門，威風八面地跑出來主持正義。

「老闆，外面很危險，你先進去！」我大喊。

「啥？她是誰？為什麼要拿著裁紙刀！這不符合Logic呀！」老闆吼了回來！

「老闆納命來吧！讓你嚐嚐中階主管的憤怒！」副理拿著裁紙刀撲了過來！

「啊啊啊！快逃呀！」我拉住老闆往側邊跑去。

沒想到副理的動作出乎意料的……不靈活，裁紙刀往下斬落後，她一時間沒辦法舉起手，跑起步來也因為高跟鞋的關係一拐一拐的。

「你們趁這個機會快跑！我來纏住她！」定春守在我和老闆前面，擺出戰鬥姿勢。

老闆似乎看不見變成人型的定春，不然依照他的個性一定會打破沙鍋問到底，但現在我也管不了那麼多，扯了扯老闆的手：「老闆！快走！」

扯了幾下老闆還是一動也不動，他到底在幹嘛？

我轉過身，午後的陽光自玻璃窗照入，將窗框的影子拉得老長，在那個地板上，只有我和定春的影子。

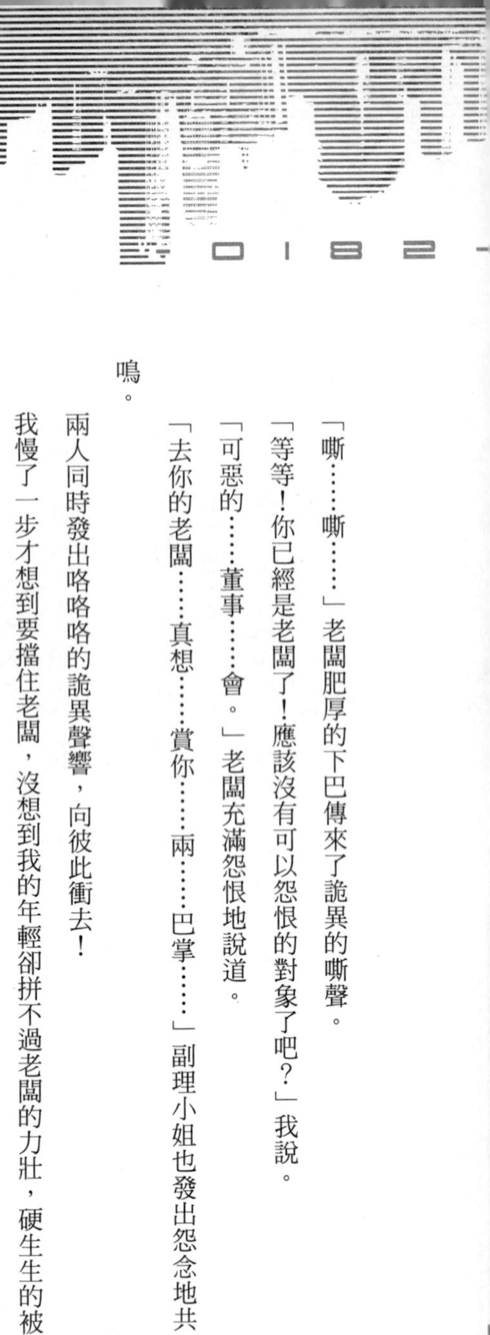

「嘶……嘶……」老闆肥厚的下巴傳來了詭異的嘶聲。

「等等！你已經是老闆了！應該沒有可以怨恨的對象了吧？」我說。

「可惡的……董事……會。」老闆充滿怨恨地說道。

「去你的老闆……真想……賞你……兩……巴掌……」副理小姐也發出怨念地共鳴。

兩人同時發出咯咯咯的詭異聲響，向彼此衝去！

我慢了一步才想到要擋住老闆，沒想到我的年輕卻拼不過老闆的力壯，硬生生的被老闆的重力加速度給撞的往後一仰，慌亂中我的手往後亂揮，想隨便抓住些什麼來避免自己後腦著地的命運。

我先是抓住了布料，奈何布料不怎麼穩固，往下滑了幾公分便伴隨著一聲「變態！」和布料的撕裂聲離我而去，緊接著我抓住了某條毛絨絨的繩索……

「喵！我的褲子……好痛！」定春發出一聲慘叫後扶住我：「喵的！你抓到我的尾巴了！」

「老闆……去死吧！」副理小姐怒吼。

「不符合Logic不符合Logic！」老闆大喊。

兩人再次衝向對方，副理小姐的右腳出現了一條藍色的細線，細線的另一端連接到老闆的雙腿中間，這很明顯的是一技斷子絕孫踢；接在老闆的右手的細線則連到副理小姐的胸部，在我還搞不清楚老闆是要用穿心攻擊還是抓奶手時，定春已如旋風般闖入兩人之間，原本在空中交錯的兩條線消失了……

咦？我看得見線了？

能看見「線」是定春的能力，我必須和定春有所接觸才能看到線，現在我明明沒碰到定春，為什麼……

我的視線移向右手，掌心有一小撮白色的貓毛，看來我剛才那一抓硬生生地扯下了定春尾巴上的一撮毛。

「不要發呆了！還不快去找原因！」定春說。

「要去哪裡找？」我把貓毛塞進胸前口袋，還有幾根毛黏在汗濕的掌心，光是靠著這幾根毛我就能看見出現在老闆和副理間的細線，但在光可鑑人的地板上我卻看不見他們的影子：「他們為什麼沒有影子？」

「沒有影子就不是實體，我沒猜錯的話，眼前的他們應該是只是記憶的聚合體……」定春一邊回答我，一邊左擋老闆、右踹副理，兩人一貓打成一團。

「那是啥？」

「你就當作那是靈魂吧。」定春再次露出好麻煩的表情，不過這也沒辦法，邊打鬥邊思考這麼複雜的問題的確挺麻煩的：「我猜……應該是有某個妖精讓他們靈魂出竅吧。」

「靈魂？為什麼老闆的靈魂會這麼重？毛絨絨的觸感會這麼真實？還有為什麼靈魂會想上廁所啊！」

「我們交換。」定春突然說道：「換我在旁邊吐槽，你來分開這兩個人。」

「對不起。」

現在的確不是吐槽的時候。傳說中某些鬼魂不知道自己死了，做的事都和生前沒什麼兩樣，所以離開身體的靈魂會想上廁所說不定也挺合理的……這麼想好像勉強可以自圓其說，不過這個不是重點，重要的是……

「那些黑影到底是什麼？」

「我猜……某個妖精接收到了大家對老闆的怒氣，這個妖精的特殊能力產生了黑影對老闆們進行報復。」定春的語氣變得有點不確定：「可能是因為我們阻礙黑影對老闆們發洩怒氣，反而讓黑影附身到老闆們身上，讓他們自相殘殺。」

「我聽不懂。」我嘆了口氣。

「沒關係，我也是亂猜的。」定春理直氣壯地說。

「我就知道！」

「嗯哼哼。」定春的聲音似乎有些惱羞成怒：「妖精的能力那麼多種、還要搭配不同的條件，而且敵人又不會自己跑出來解釋能力，我哪有可能會知道原因是什麼呀！你快去找就對了！」

可惡！說了一大堆結果還不是沒說要怎麼做！只懂得叫我達成目的！這種態度跟老闆有什麼兩樣啊！

「快去！」就連口氣也和老闆命令人的時候一模一樣！

接下來兩人一貓的戰鬥變得更加激烈，我只好先躲進樓梯間遠離戰圈，仔細思考整件事的來龍去脈。

嗯，依照 ACG 的慣例，能力越強操作者應該越靠近，所以揍老闆妖精應該就在這棟大樓內，而越強的能力消耗的能源就會越快，揍老闆妖精要操縱黑影一次附身在兩個人身上，想必相當費力，如果我沒猜錯的話，揍老闆妖精身邊應該能夠就近獲得「想揍老闆」的記憶。

問題是……天底下想揍老闆的人這麼多，這棟大樓這麼多間公司，搞不好有一堆人在加班，我哪會知道哪裡有妖精呀！

「大哥哥，貓哥哥要我來幫你。」阿亂飛到我面前：「有什麼需要幫忙的地方嗎？」

我腦中靈光一閃，問道：「妳知道這棟大樓裡哪裡還有妖精嗎？」

阿亂閉上眼睛，身上的綠光越來越亮。

「六樓有一隻妖精……」

六樓？六樓不是只有我們公司和小文他們公司嗎？

「那隻妖精的氣息和貓哥哥蠻像的，可能都是貓。」

……我想我大概知道揍老闆妖精在哪裡了。

我打開安全門，跑上樓梯。

週日・還是下午・再次揪出兇手

四樓、五樓、六樓……

「呼呼呼……」

「大哥哥，我有幫上忙嗎？」阿亂問。

「有，謝謝，阿亂很乖。」

「大哥哥你不舒服嗎？為什麼一直喘？」阿亂擔憂地問。

「沒事……我只是、有點喘……」

太久沒運動了，一次連跑三樓竟然覺得有點喘，我用肩膀撞開安全門，往小文公司的大門跑去。

可惡！沒帶門禁卡！不對……我本來就不會有小文的公司的門禁卡……

我拿起大門旁的分機，撥了小文的分機。

「喂？妳、沒……事……吧？」好喘。

「你來了呀？呵呵！」電話另一端傳來小文極為悠閒的聲音。

……我剛剛在外面忙得要死，這傢伙是在開心個什麼勁？

「快過來幫我開門。」

「我還不知道門可不可以開耶……呵呵……有一件事我等一下再跟你說……」

「快來啦！」我毫不留情地打斷她。

「好嘛好嘛，我去開了。」小文哼了一聲才掛斷電話。

我靠著門等待小文的到來，卻變得越來越焦躁，我開始不耐煩地拉著門把。

我知道此時和小文在一起的極有可能是我先前遇到的虎斑小貓。小貓最近常出現在這棟大樓、和小文有所接觸（甚至因此引起定春的醋勁）；定春曾說那隻小貓身上有妖精的氣息，小貓也曾在我面前突然消失，這是普通的貓做不到的事。

從以上種種跡象來看，引起這些混亂的源頭是小貓，這是最合理的推斷，但我還是抱著不切實際的期待……

期待引起這一切事件的是「貓」。

銀黑相間的、驕傲的、能夠將記憶化為現實的「貓」。

連名字都不願意告訴我的「貓」。

剛剛在爬樓梯時，我甚至開始幻想：「貓」因為那一摔失去了記憶，也沒辦法控制能力，所以才會被揍老闆網站的怨念影響……

我沒辦法停止這個幻想，「貓」的臉不斷浮現在眼前，我甚至開始想像我要對「貓」說什麼，「貓」又會怎麼回答，光是這麼想我的心臟就快速地跳個不停。

小文出現在走道的盡頭，懷裡還抱著一團毛絨絨的東西。

我的心跳開始加速。

小文低著頭嘴巴一張一闔，似乎是在跟懷裡的毛球說話，那團毛球被抱在小文的懷中，拼命地亂鑽亂動。

不是「貓」。那團毛絨絨的東西是淡棕色的，而「貓」則是隻銀黑相間的虎斑貓。最重要的是……貓的身邊不會有黑影環繞。

小貓的身體籠罩在黑色的霧氣之中，像是某種黑色的彩帶擁抱著小貓，儘管隔了一段距離，我還是能感覺到圍繞在小貓身邊的怨氣，如果伸手去碰觸黑霧，說不定還能聽見人們對於老闆或上司的憤怒細語……

我的推測果然沒錯，引起一切混亂的東西就在小文身邊——那隻小貓就是罪魁禍首！

還我平靜的週末！把還沒和老闆擁抱過的純潔過去還給我！

「把牠交出來！」如果是漫畫的話，我的眼底一定會冒出火花。

不管小文在我眼中看到什麼，她的反應是害怕地退後一步，小貓也感受到我的殺

氣，在小文懷中委屈地咪咪叫。

「你要幹嘛！」小文用雙手護住小貓，狠狠瞪向我。

「晚一點再解釋，先把那隻小貓交出來！」我用力拉著門把。

「不行！我已經幫牠取好名字了！」小文的回答相當不知所云。

「總之先打開門就對了！」我這麼一說，小文反而緊抱著毛球不肯開門，我則是更用力地扯著門把。

「我不要！你要對這隻貓幹什麼？」

「先把這隻貓交給我就對了！」

「我不能交給你！而且我剛在MSN裡不就說過了，我沒辦法開門呀！」

我瞄了肩上的阿亂一眼，阿亂心領神會地飛向門禁卡的感應處。

嗶——門禁解除，我用力拉開沉重的玻璃門。

「不要怕、我會保護你……啊！」

小貓從小文懷中掙脫，我來不及關上門，淡棕色的影子就飛一般地從鑽出門縫，隨後就消失在樓梯口——可惡！我剛才忘了關上安全門！就這樣讓牠跑了！

「不要跑呀！」小文遲了一步也想衝出來。

「阿亂！」

快關住她！我可不想在追小貓時還有一個愛貓心切的傢伙跑來添亂！

「可惡！門怎麼鎖起來了！」小文用力地推門，奈何玻璃門固若金湯怎麼打也打不開：「阿哲，你一定要把小貓找回來，不然你就死定了！」

阿亂幹的好，妳真是忘了帶門禁卡的人必備好朋友！

「妳先在這裡等一下！妳應該不會有事！」我敷衍地對小文喊了幾句，衝進樓梯間，但小貓已完全失去了蹤影。

我瞇起眼睛，想尋找黑影的流向，卻發現黑影隨著小貓跑掉完全散去，只剩下淡得幾乎看不見的影子在空氣中徘徊。

該往上還是往下？

樓下仍傳來砰砰磅磅的打鬥聲，我猜定春依舊和老闆們混戰，如果那團毛絨絨的東西是貓的話，應該不會喜歡吵的地方，所以是要往上嗎？

「牠就在附近。」阿亂說。

「你知道牠躲在哪裡嗎？」我問。

阿亂飛到我面前，指向樓梯間的轉角，順著阿亂指的方向看去，果然在轉角的陰影中看見一小團像是小貓的影子。

我往上走一步，小貓往後縮了縮，再走一步，小貓警戒地站起，一副隨時想轉身就跑的模樣……

不行！如果硬是追上去的話，小貓可能會跑到更難抓的地方，想找出真心想躲起來的貓咪是相當困難的，因為貓咪的體積小，什麼亂七八糟超乎想像的地方都鑽得進去，又擅長爬牆，可以說是無孔不入……

想要抓到貓咪，最好的方法就是利用貓咪的好奇心，太過殺氣騰騰只會讓小貓嚇得不敢出來。

我停下腳步，用手指規律地敲向安全門，敲了一會兒後用指甲刮牆壁，然後吹了一段口哨。

過了一會兒，陰影中探出了一顆毛絨絨的頭。

中計了！我不動聲色地脫下外套，把外套上的繩子拉長，在半空中輕輕的搖晃，小貓的頭也隨著繩子上下移動。

我慢慢將繩子往毛球移動，小貓仍在觀察，但牠還是無法抗拒內心的渴望——

說時遲那時快，小貓從陰影中衝出來撲向繩子，我也在同時撲向小貓。

可惜我快小貓更快！

小貓一發現苗頭不對，就轉身往樓梯上逃竄，這次我早有準備，眼也不眨就急起直追──不要小看人類！好歹我的腿也比你長了好幾倍！

當我跑到伸手就能抓住小貓的距離時，小貓身型一晃，眨眼間就從我眼前消失了。

靠！我忘了這隻小貓會瞬間移動了！

不過就算我記得又有什麼用？我拿什麼阻止牠呀？

我沮喪到想搥牆，阿亂拉拉我的袖子。

「牠……跑到頂樓了，要繼續追嗎？」

「當然要追！阿亂妳真是我的天使！」

「天使是什麼？」

「天使是……這個不重要，我要去找那隻小貓，我怕會有危險，妳先躲起來吧！」

雖然不曉得黑影會不會對阿亂造成影響，但還是小心為上。

「沒關係，我跟大哥哥一起。」阿亂拍了拍翅膀，飛進我胸前的口袋。

好不容易跑到頂樓，我猛力撞開安全門，頭因為快速奔跑有點暈眩。

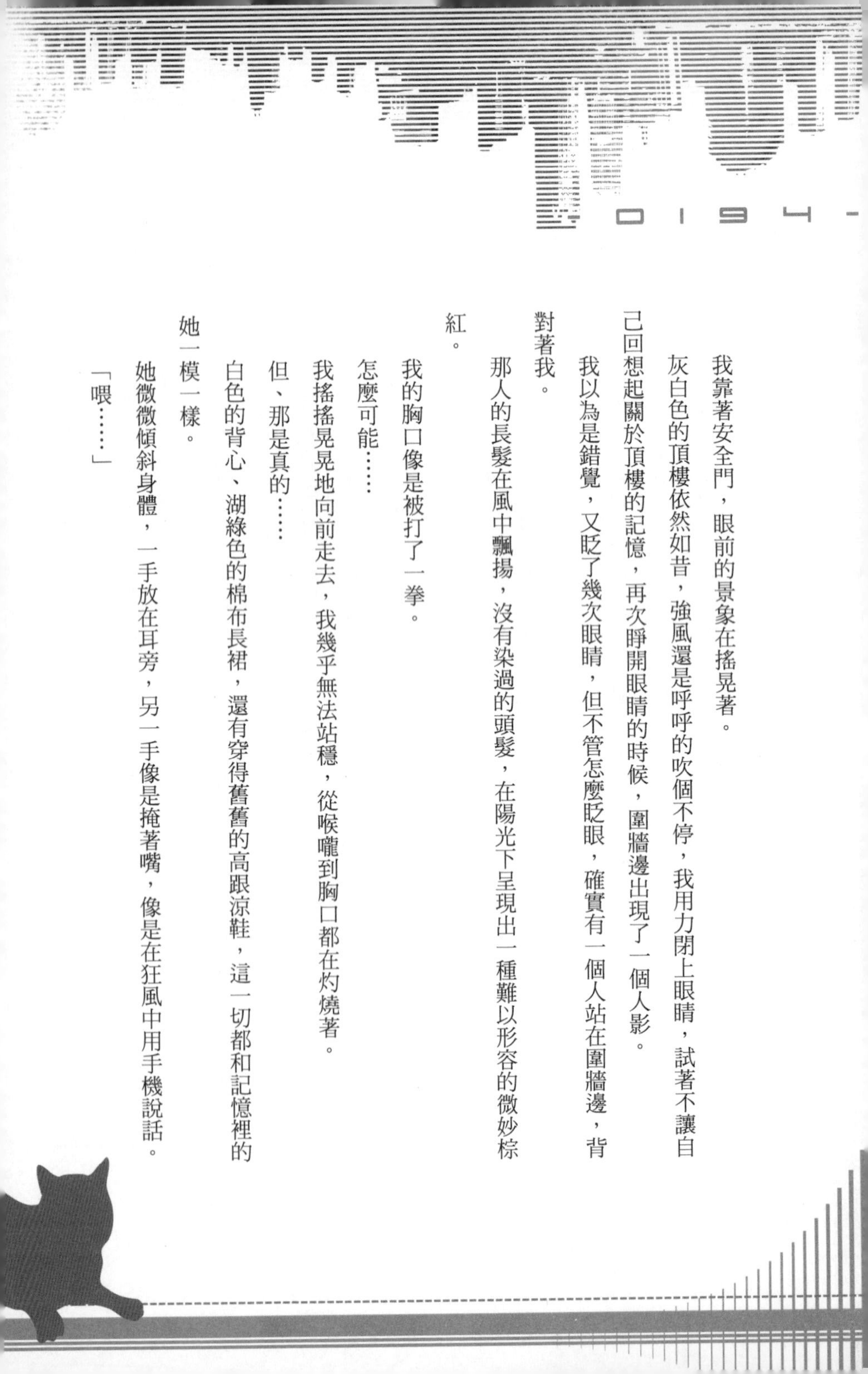

我靠著安全門，眼前的景象在搖晃著。

灰白色的頂樓依然如昔，強風還是呼呼的吹個不停，我用力閉上眼睛，試著不讓自己回想起關於頂樓的記憶，再次睜開眼睛的時候，圍牆邊出現了一個人影。

我以為是錯覺，又眨了幾次眼睛，但不管怎麼眨眼，確實有一個人站在圍牆邊，背對著我。

那人的長髮在風中飄揚，沒有染過的頭髮，在陽光下呈現出一種難以形容的微妙棕紅。

我的胸口像是被打了一拳。

怎麼可能……

我搖搖晃晃地向前走去，我幾乎無法站穩，從喉嚨到胸口都在灼燒著。

但、那是真的……

白色的背心、湖綠色的棉布長裙，還有穿得舊舊的高跟涼鞋，這一切都和記憶裡的她一模一樣。

她微微傾斜身體，一手放在耳旁，另一手像是掩著嘴，像是在狂風中用手機說話。

「喂……」

那是許久未聽見的，有一點兒卻又有一點撒嬌的語氣。

「你……在……哪裡？……我……還是……不知道問題的答案……」

細細的鼻音被風聲所稀釋，只能聽見斷斷續續的幾個字。

「……所以我想再見你一次……可是你……答案也……永……不……知……」

手腕突然無力地垂下，骨結突出的手腕瘦得令人心驚，通話似乎結束了，她沒有動，只是繼續直挺挺地站著，長髮被風吹得亂七八糟。

「楠？」

我呼喊她的名字，狂風灌進了我的喉嚨，但不管她究竟聽不聽得見，或是思念的痛苦哽住了我的喉嚨，我都用盡全力地呼喊她的名字——

「楠！」

在那同時，風突然停了下來。

被風吹亂的頭髮重新回到『她』的肩上，露出了兩個小小的、毛絨絨的耳朵。

太陽自烏雲後露了出來，而在地上沒有任何女性的影子。

只有一隻小貓的影子。

『她』轉過了頭，「喵？」

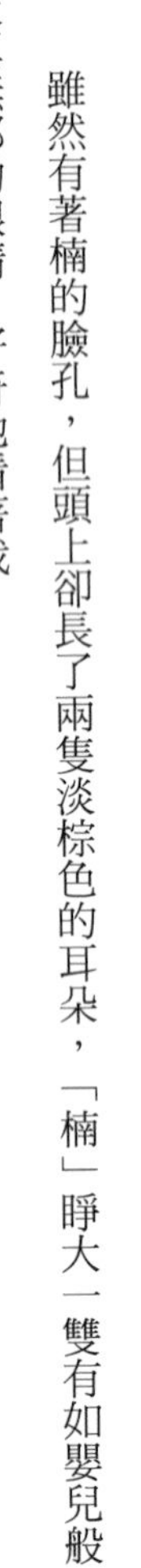

雖然有著楠的臉孔，但頭上卻長了兩隻淡棕色的耳朵，「楠」睜大一雙有如嬰兒般天真無邪的眼睛，好奇地看著我。

「她」不是楠，也不是「貓」，牠是……

「可惡……你這隻小貓咪！你是剛剛那隻小貓咪變的吧！雖然你有她的臉……但我從來沒有看過她露出這麼痴呆的表情啊！」一股無名火湧了上來，讓我想都沒想地撲向「她」。

「咪咪喵！」被我的氣勢嚇到，「她」驚慌地抖了抖耳朵，「她」不靈活地挪動雙腿，似乎還不習慣用雙腿走路。

事到如今裝可愛和裝可憐都來不及了——我衝向前抓住「她」的手，「她」慘喵一聲，變回小貓的模樣，我愣了一下，沒抓緊手中的貓掌，小貓一溜煙地就躲到水塔和牆壁的縫隙。

「喵喵喵……」小貓發出可憐的聲音，身體不住地發抖。

「裝可憐有什麼用！你知道我被你害得有多慘嗎！」

也不管罪魁禍首是不是這隻小貓，我對牠大聲吼道：「週末就是用來好好放鬆的！為什麼我要跑來公司和那個老人家手牽手，還在地板上滾來滾去？平常受他的氣也就算了，這是假日耶！假日耶！還在跟我在那邊說什麼合不合Logic！真想賞他兩巴掌還是給他飛踢！」

「給……妳……飛踢！」

「我想……呼……你巴掌很久了！」

安全門在發出慘烈的呻吟後被撞開。

一個肥壯的身影敏捷地恢復平衡，副理小姐則趁對手現出空隙時衝上前賞了老闆兩巴掌。

加油呀！副理小姐！

我在心裡偷偷替副理小姐加油，無奈天不從人願，定春衝出來擋在副理小姐面前，這時後面的老闆已站穩了腳步，開始向前助跑。

老闆大吼：「看我……的飛踢！」

你又來呀！你真的飛得起來嗎？我抱持著看好戲的心情，看著老闆助跑後奮力的一跳。

我原本以為老闆跳不起來，卻發現老闆腳尖的細線連向了定春的後背，這時定春正被副理小姐拉住尾巴無法脫身，只能夠由我擋住老闆的攻擊——

「定春！我幫你擋住他……咦？」

踏出第一步時，我踩到了某種滑滑軟軟的東西——他喵喵的！是誰在頂樓亂丟香蕉皮呀！

我踏著香蕉皮往前滑行了數步，正好摔到了老闆的高級皮鞋前，我本能地舉起雙手一擋，混亂間抓到了某種濕濕黏黏帶了點彈性的細繩，我還沒來得及看清楚我抓到了什麼，手中的細繩啪地一聲就被捏斷了。

呃、這不是連在老闆腳尖的細線又是什麼？把這條線捏斷不會爆炸吧！

我把捏在手中的細線往旁邊一扔，等待不可知的未來降臨。

定春看見線的新能力是昨天才發現的，我和定春都不太清楚作用，我猜測那條線和因果有關，但我可不知道細線可以隨隨便便就捏斷、還有線斷了之後會發生什麼事呀！

結果什麼事都沒發生，老闆朝我的鼻子踹來的腳尖很不自然地轉向，跌落在我剛才丟細線的地方。

怎麼回事？

還來不及思考，又有一條細線出現在老闆的皮鞋上，我才剛伸手捏住細線，副理小姐以迅雷不及掩耳的速度從旁竄出，三吋高的高跟鞋用力地踩在老闆的腳上，老闆隨之發出慘叫。

我知道幸災樂禍是不對的，但一想到我過去所受的種種刁難以及週末不能在家Happy 要跑來加班，我還是忍不住想說——

副理小姐，GOOD JOB！

「別看好戲了！快幫忙！」定春不高興地說。

「怎麼幫忙？把小貓抓起來嗎？」

「不是。」定春要擋住兩人對彼此的攻擊，又不能讓他們受到太嚴重的傷害，因此顯得有些狼狽：「你不要再想那些亂七八糟的事了」

「咦？」

「笨蛋！你還不懂嗎？你的怒氣就是他們現在的動力來源！只要那隻小貓接收到憤怒的記憶，牠就會將那些記憶化成攻擊的黑影，黑影就會攻擊那些人的靈魂，或是讓那些憤怒附身到那些人身上。」

「為什麼是我？那些黑影出現的時候我還沒到公司呀！而且之前跟小貓待在一起的人明明就是小文……」

「不要說我的主人壞話！」定春在百忙中抽空瞪了我一眼：「我不知道之前怎麼

樣，但現在提供牠能量的人是你！不相信你自己看！」

兇手是我？我抓住口袋裡的貓毛，瞇起眼睛，直到我用力瞇到眼睛都快閉起來的時候，我才看見在圍繞小貓的淡淡黑影之中，有條很細很細的線連接在我和小貓之間。小貓身上還有無數條細得看不見的線，我猜那些線是從揍老闆網站所搜集來的全園區的怨氣，其中一條線通往地板，那應該是小文所提供的怨氣。

我想試著扯斷我和小貓之間的線，才剛伸出手，細線就消失了。

試了幾次，我都無法碰到那條連接我和小貓的線，那條線比以往所看見的細上許多，不要說摸了，有時連看都看不到。

「那我該怎麼做？」我問。

「隨你高興！只要你別再想著要揍老闆，看你要大喊老闆我愛你還怎樣都可以啦！」

定春很快地把話說完，再次插入兩人的纏鬥，而小貓則依舊躲在我怎麼抓也抓不到的縫隙裡，好奇地看著三個人打成一團。

——看來能行動的只有我了。

不要去看眼前的混亂。

不要去想過去發生的事。

心中不能夠有憎恨，要找出隱藏在內心深處諒解人的溫柔和原諒人的心，雖然有點難，但一定要把那句話說出口。

只要說出口的話，一切就結束了。

「……老、老……老闆……我、我、我……我愛你！」

怎麼可能呀！下輩子吧！

這種話怎麼可能說得出口！而且這種解決方式太老套也太可笑了吧！

在我的內心仍在天人交戰時，戰局產生了變化。

「老闆……去死！」副理小姐往前揮出一記上勾拳。

定春在半空中扭身躲過副理小姐的一擊，在定春落地的同時，老闆來到定春的身後，臉上露出了瘋狂的笑容。

「喝啊！」

老闆的奮力一擊把定春打飛，那一擊並沒有對定春造成傷害，但在那一刻，老闆和副理小姐第一次面對面——

那是相當不可思議的畫面。

穿著高跟鞋和窄裙的女子，全身散發著有如格鬥冠軍的氣勢，對著老人家揮出正拳。

老人家則是擺出衝刺的姿勢，抬腿向前一跳。

——兩人的攻擊並沒有交錯。

定春在關鍵時刻抓住副理小姐的手，利用跳躍的動力順手將老闆往旁邊一摔。

定春正在專心打鬥，沒注意到老闆身上的因果線正延伸到圍牆外。

「不行！不可以這麼做！」我大聲警告，但已經來不及了。

原本可以將老闆摔倒在地的一擊，因為老闆跳躍時的力道加上過重的體重，使得老闆的手脫離了定春的掌控，全速往圍牆外飛去。

「老——闆！」

我向前狂奔，在老闆的身影完全消失前，勉強抓住了老闆的手。

老闆很重，儘管只是個記憶的集合體，在白襯衫下鼓起的肥肚子絕非虛有其表，我整個人被老闆的重量往前拖，肋骨重重地撞在圍牆上，讓我痛得無法呼吸，只能緊緊抓住老闆的手。

不要死……

不要死……

不要死……

「老闆你不要死啊啊啊！」

我的腦袋一片空白，只剩下要好好抓住老闆的念頭，那時什麼平日的怨氣和不滿全忘得精光。

不知道過了多久，定春抓住了我的手。

「我抓住你了。」

「快把我拉上來。」

這時我的腳已經懸空，整個人掛在圍牆上，我甚至能感覺到我正被老闆的重量一吋一吋的往外拖。

「好。」

定春開始用力。不知道是老闆和我的體重加起來真的太重了，還是定春的力量真的很小，我們被拉上來的速度慢到令人絕望。

「我好睏。」定春打了個哈欠。

「快把我們拉上來，你就可以回去睡了！」我試著鼓勵定春：「想想暖呼呼的被窩、想想堆積如山的點心……」

「我比較希望現在就可以去睡，地板很硬也沒關係。」

「你……」話還沒說完，我就感覺到定春抓住我的手一震，我和老闆再次往外滑落：「你在幹嘛？為什麼鬆手？」

「喵喵喵！」

一聽見貓叫聲，我才猛然發現握在我手中的是毛絨絨貓掌——定春沒有鬆手，而是牠變回貓了啊！

「喔！我怎麼會在這裡？這不符合Logic呀！」

我靠！剛才還想說這傢伙怎麼一直沒反應，原來是昏過去了！

老闆突然這一動情況變得更糟了，我原本只是腰掛在圍牆上，現在變成只有腳勾住圍牆，老闆的腳下已浮現一條通往遙遠地面的因果線，更慘的是，老闆的手因為驚慌而開始出汗，那肥厚多毛的手掌正一點一點地往下滑……

「老闆，你先別亂動，我快抓不住你了！」

「你快想辦法！好好規劃！找出最好的解決方案……這裡到底有多高？」說著，老闆低頭看向下方，兩眼一翻又昏了過去。

這時我的手再也抓不住了，老闆的手開始從我的掌中滑落。

「老闆！」我奮力往前一撲，完全沒想到自己也自身難保，這一撲讓我成功抓住老闆的手，但也讓我也加入了往下墜落的行列。

「啊啊啊啊啊！」我忍不住慘叫。

墜落的瞬間我第一個想法是——靠！怎麼又來了！之前才掉過一次，現在又掉了！

第二個想法：這次我該不會真的要嗝屁了吧！可是那個該死的死亡預測網站預測的時間是明天呀？按照道理來說，我今天應該不會死才對。

——沒錯，我今天還不會死！

我對站在圍牆上的波斯貓大喊：「定春！快把因果線咬斷，再把因果線拉回頂樓，這樣我們就可以回到頂樓了！」

以定春的力氣，絕對不可能把我和老闆救回頂樓，但如果要拉回頂樓的東西只是因果線的話，依定春靈巧的身手一定做得到，一定……

墜落的速度越來越快，恍惚間我只知道定春經過我身邊，咬住了因果線又往上跑去。

不知道過了多久，我感覺到我的身體輕飄飄地往上浮起，再次睜眼，我已經回到了頂樓。

我猜的沒錯，把因果線扯斷，再把因果線接到另一端，就能解除因和果之間的關聯。

我和老闆往下墜落是「因」。

摔在地板上是「果」。

定春把「因」和「果」之間的線扯斷，在把象徵「果」的那一端接到頂樓。

我們就會由往下摔到地板，改為飄回頂樓。

這就是定春的新能力，我決定將這個能力命名為——

「因果混亂」。

「好奇怪的名字。」定春的眼眶有些發紅：「算了，你沒事就好。」

「哪裡沒事，腰痛死了……等等，你怎麼恢復人型了？」

「你剛剛昏倒了。」定春面無表情地看著我，伸出食指輕點了一下嘴角：「所以我就自己補充了。」

「你、你、你竟然趁人之危！」

「反正你昏倒了，又沒有感覺。」定春轉過頭去，有些彆扭地說：「剛剛沒拉住你，對不起。」

「沒關係，你也累了，最後我能獲救靠的不也是你的能力嗎？」我安慰定春。

定春皺眉，「……你不是很討厭他嗎？」

「啥？」

「討厭他為什麼要救他？」

「你是指老闆嗎？對厚，我幹嘛救他呀？」我很白痴地反問。

定春丟給我一個「你問我我問誰呀」的鄙視眼神。

「大概……是本能吧？」我很認真的思考，試著把心裡的想法說出來：「我並沒有討厭一個人討厭到要傷害他的程度，那些想打他揍他也只是想一想發洩一下而已啦！反正我不會糟糕到見死不救就是了。」

這時我身旁響起咳嗽聲，我才發現原來老闆還在……

糟了！他該不會聽到我說討厭他了吧？現在滅口還來得及嗎？

出乎我意料之外，老闆並沒有對剛才亂七八糟的場面提出疑問，而是看向遠方露出沉思的表情，許久之後才突然冒出一句：「喔、我真的這麼討人厭嗎？」

完全沒料到老闆會問這個尷尬的問題，但是這傢伙能想到這個，就已經算是個好的開始，也許想通了之後老闆會大徹大悟也不一定。

不過人總是怕死的，就算定春能處理掉不該有的記憶，我也沒辦法確定會不會在老闆心中留下不好的印象，所以我還是小心翼翼地回答：「也不是討不討人厭的問題，而是有時說話的方式會讓人覺得難過……」

「不對不對，我說的不是這個，我是想知道我哪裡討人厭？」

「呃、不是你本人的問題，而是你的有些說法和做法會讓人不舒服，你的考量是對的，有時候卻沒考慮到別人的感受。」

「不對不對不對、公司的老闆需要考慮更多事情。」

「我沒有說你考慮的事情不能做，而是可以換個說法或是做法，這樣可能會比較能讓人接受。而且有些事情有時間限制，像是我們付薪水要趕在三點半前送到銀行，這時你可能要考慮相信一下員工，而不是堅持看到最後一秒。」

老闆暴喝一聲打斷我的話：「你不是老闆你不會懂啦！」

我果然還是很想揍這傢伙。

「別吵了，我想回家了。」定春面無表情地從背後給老闆一擊：「我送這傢伙回去。雖然老頭子的記憶不太好吃，看在你給我很多零食的份上，我還是會把這段記憶吃掉。」

「副理小姐呢？」左看右看都看不到她的人影。

「她所承受的怨念比較輕，所以比老闆早一步回去她的身體了。」

是因為副理小姐的下屬比較少，承受的怨念也相對比較少嗎？聽小文說她的部門只有她一個基層員工，就某方面來說，光是小文一個人的怨念就足以召喚出妖精也算是挺了不起的。

「他們不會回去之後才生病之類吧？」

那些會痛揍老闆的黑影可是讓不少老闆抱病在家，我明天還得靠老闆幫我簽名才能發薪水。如果我忙了半天，結果隔天老闆還是生病沒辦法上班害我薪水發不成，這樣不就虧大了嗎？

「他們沒受什麼傷，應該不會有事。」

「那就好……對了，那隻小貓跑到哪裡去了？」

定春的表情突然僵住，貓耳朝向前方，露出警戒的表情。

「你找牠做什麼？」

「小文要我把牠帶回去，不然我就死定了。」仔細想想這麼說好像沒什麼說服力，我再補充一句：「她說她已經把小貓的名字取好了。」

定春的耳朵抖了抖，向來平靜無波的眼眸泛起了波瀾，「……花心。」

「唉、男人三妻四妾……不對，貓奴養兩三隻貓也是很正常的事，而且這隻小貓這樣到處流浪也挺可憐的。」

小貓趁著我和定春談話時走出藏身處，歪著頭半是好奇半是警戒，一身蓬鬆的毛亂糟糟的，身體只有手掌大，看起來十分惹人憐愛。

「嘖！」定春向小貓招了招手。

「咪喔。」

小貓在原地輕輕地喵了一聲，那聲音聽起來軟綿綿的，既像是在撒嬌、也像是在乞求定春的接納，搭配上小貓純真無邪的綠色大眼睛，讓人的心都快融化了。

「喵。」定春發出簡潔有力的叫聲。

小貓顫抖了一下，發出一連串委屈地叫聲，「咪嗚喔咪咪。」

「喵！」

定春強硬地喵了一聲，小貓就垂著尾巴慢吞吞地走了出來，在定春腳邊磨蹭。

「方便翻譯一下嗎？」我問。

「我要求小貓要聽我的話，不可以隨便使用妖精的能力，不可以欺負小文，不可以和我爭寵，小文要抱抱時不可以搶在我前面，只有我能先撒嬌。」

前面還算合理，後面怎麼越來越不像話了。

「結論是？」

「我就勉強接受牠吧。」定春抱起小貓，小貓順勢往定春的懷裡鑽。

定春嘆了口氣，揉了揉小貓的腦袋，小貓發出滿足的呼嚕聲，抱住定春的手指舔了兩下，顯然是已認定定春是牠的同伴。

「嘖！麻煩的傢伙！」定春皺起眉頭。

「你的嘴角揚起了。」我說。

定春瞪了我一眼，把小貓塞到我懷裡：「你把小貓送去給小文，我來把老闆的靈魂塞回他的身體。」說完就扛起昏倒在一旁的老闆，快步離去。

我抓住拳打腳踢的小貓，跟著定春下樓。

定春突然停下腳步，清澈得不可思議的金眸直直盯著我看。

「幹嘛？」

「你呀……」金眸微微地瞇起，定春粉色的嘴角揚起了零點五度，「果然是濫好人呢。」

回到樓下，小文一看到我和小貓，就笑得瞇起了眼睛：「你終於回來了，把小貓交給我吧！真是辛苦你了。」小文伸出手接過小貓。

「對呀真的很辛苦……」一回想起剛才的遭遇，我的肩膀又痠痛了起來：「咦？妳知道我剛去做什麼？」

「你剛剛不是去追小貓了嗎？」小文指著我的肩膀：「而且你的衣服上沾了好多灰塵，牠一定鑽到了很奇怪的地方吧？」

「對呀。」我突然覺得不對勁：「咦？妳怎麼出來的？剛剛門不是不能開嗎？」

「我也不知道耶……你不說我都忘了它剛剛打不開，哈哈。」小文的回答一樣很脫線：「大概是門禁的設定還是線路有問題吧！我再跟總務提囉！」

「有可能喔。」

沒錯，門打不開和電話不通這些奇怪的現象確實有可能和妖精無關，會同時發生只是巧合。不過究竟原因是什麼，也許我一輩子都不會知道吧。

「那妳的主管呢？她還好嗎？」

「你走了過沒多久她就醒了，然後她就回家啦！而且我也不好意思問她怎麼了。啊，虎胤你不要一直亂動啦！」

小貓在小文懷裡不斷扭動，似乎很想回到地面上，小文檢查完小貓沒有受傷，就把牠塞進外出籠裡，至於為什麼她會在公司放外出籠我沒有問，貓奴的心思不是我能輕易揣測的。

「我先帶小貓去獸醫那邊檢查一下，你是騎車來的嗎？」

這下尷尬了，我總不能說是定春拎著我跳來的吧：「我的機車怪怪的，所以我請我朋友載我來的，可是他有事先走了。」

「那我載你回去吧！幸好我有帶兩頂安全帽。」

我覺得我的理由很爛，小文卻完全沒有懷疑我，不過這傢伙也輕易地讓我進了她的房間……

「喂，妳總是這樣隨便讓別人進妳房間嗎？妳不怕有壞人嗎？」

「咦？你又不是壞人……而且我媽有拜託你媽要你照顧我。」

「咦咦咦？」聽小文這麼一說，我隱約想起某個模糊的記憶：「你就是那個什麼什麼阿姨的女兒，要來新竹工作的那個？」

原來我對同事瞎掰的理由是真的。

「對呀。」小文有點驚訝：「難道你之前都不知道嗎？」

我有些尷尬地抓了抓頭：「老媽每次都在我昏昏沉沉的時候碎碎唸一堆，一下子說要介紹這個，一下子說要介紹那個，不然就說某某的女兒也在新竹很漂亮之類的，當然不可能會每個都記得呀……」

「也是，我媽每次開始碎碎唸，我就會放空……」

看來不管好壞，天下的媽媽都是一樣的。

「不過妳為什麼都沒跟我提過呀？」

「我以為你知道……不然你幹嘛對我這麼好呀？而且我們國高中都同校，以前也搭過同一班校車呀！」

難怪定春穿的粉紅色的水手服看起來有點眼熟，我記得在我畢業那年高中母校好像換過制服，後來我就去高雄唸大學了，只在街上看過幾次，所以才沒馬上認出來。

「原來你不知道我是你鄰居兼學妹呀……」

小文停頓了一下，平常看起來天真無邪的笑臉消失了，嘴角微微地勾起，露出了一個似曾相識的笑容。

可惡，主人和寵物怎麼會這麼像呀！

「你果然是好……」

我不想收下好人卡，趕緊轉移話題。

「對了，妳要養這隻小貓嗎？還是要幫牠找主人？」

「嘿嘿，我要養，而且我也已經幫牠取好名字了，叫『虎胤』，就是老虎的後代的意思，怎麼樣？聽起來很厲害吧？」

「聽起來是很難唸的名字。」

聊著聊著就走到了空蕩蕩的停車場，我戴上安全帽，小文發動機車。

「上來吧。外出籠給你抱著 OK 嗎？」

「好。」我坐上機車，把外出籠放在我和小文之間。

「喵喵喵喵喵！」被關在外出籠裡的小貓突然拼命掙扎。

「虎胤，乖，怎麼了？阿哲，拿好外出籠，別讓小貓跑出來。」

我趕忙抓穩外出籠，突如其來一陣強風吹來，把小文的一頭長髮給吹到我臉上，我空出一隻手撥開滿臉的頭髮，背後忽然傳來「咖答」一聲。

那是門打開的聲音。

問題是——我的背後是空蕩蕩的停車場，沒有門。

而那一聲開門聲很近，就像是幾步遠的地方有人打開了門。我轉過頭，後面是沒停了幾台車的停車場，再過去就是行道樹和馬路，而空中……原本應該什麼都沒有的空中，出現了一條長長的裂縫，有個人站在裂縫的後方揮手。

「小貓咪，要幸福喔。」

眨眼間，裂縫已然闔起，小貓聽了那句話後小聲的喵了一聲，不再掙扎。

難道說……小貓認識裂縫後的那個人？

剛才只看了一眼，看不清那人是男是女，聲音也因為風聲而難以辨認。那條裂縫到底是什麼？時空裂縫？通往另一個世界的門扉？

妖精都滿街亂跑了，有另一個世界並不奇怪，也許小貓就是藉由時空的裂縫瞬間移動。我倒有些好奇裂縫的另一端是怎麼樣的世界，方才那一眼，只看見灰濛濛的天空，倒和現實世界沒什麼兩樣。

「阿哲、阿哲，你還醒著嗎？」小文喚道。

「沒事，小貓不掙扎了，可以走了。」

「好了嗎？GO！」

粉紅色的機車行駛在熟悉的路上，我沒有心思去看四周的風景，我小心翼翼地往後坐，但小文的機車實在太小了，在不怎麼平的柏油路上，我的大腿還是會不經意的感覺到她的溫暖。

雖然聊的都是一些沒意義的話，肩膀卻慢慢的放鬆了下來。

天空很藍，風好像也不怎麼大了。

雖然只過了幾分鐘，我卻突然覺得剛剛的鬧劇已離我非常遙遠。

又恢復成了極平凡的週末時光。

「喂。」小文對我說：「今天真是麻煩你了，等等請你吃飯。」

「當然，我是不會客氣的。」

週日・傍晚・似乎是應該要解謎的時間了

雖然事件（應該）已經結束了，卻沒有什麼解謎還是推理的過程。

如果是在推理小說的話，進行到這裡差不多是解謎篇，偵探會把所有的人叫到現場說「兇手就在我們之中」，模擬完殺人現場後，偵探會指著某人的鼻子大喊「兇手就是你！」如果是新一點的故事的話，可能還會再加上「我剛剛的推理只是演戲，一切都是為了騙真正的兇手現身」之類的戲碼。

不過這個故事倒是沒什麼好期待的，因為主角是我，而我只是一個什麼事都搞不清楚的普通人。

目前我只能歸納出以下三點：

一、揍老闆網站聚集了很多下屬的怨氣。

二、小貓（推測也是妖精）的能力還不穩定，接受到揍老闆網站的怨氣，所以引發了揍老闆現象，至於為什麼小貓會接收到揍老闆的怨氣則原因不明。

三、小貓的能力似乎是能抽出目標的靈魂，然後針對靈魂進行攻擊，但實際使用方法不明。

我大概只能整理出這三點，像是小文為什麼打不開門、電話為什麼打不通，我就完全想不出是為什麼了。

倒是揍老闆網站是誰架設的可以請阿亂查查看，還有那個死期預測網站也請阿亂去查一下好了，說不定可以查出一些端倪。

至於小貓到底是從哪邊冒出來的？裂縫後的那人是誰？那個裂縫又是什麼？這些謎題可能暫時無法解開，也可能永遠無法解開。

不過現實生活就是這樣，很多事情都得不到答案。就算得到了答案，也不知道那是不是正確的解答。就像是你在公司莫名其妙的黑掉，你可能永遠不知道誰跟老闆告狀。就像是你在賣燒肉粽，卻有人從天摔下來把你壓死，你可能到了最後都不知道發生了什麼事。而電影、小說、漫畫的謎題除非作者忘記，不然大部份的謎題都會有解答，大概是一種補償心態吧。

回到家的時候，鑰匙已好端端地放在鞋櫃裡。

我在心中默默感謝定春的細心，在經歷過如此疲憊的下午，我一點也不想再次面對開鎖阿伯的質疑。

拿起手機一看，距離我出門只過了一個多小時。

這一個小時好像改變了什麼，又像是什麼都沒有改變。

唯一一個無法恢復原狀的是……

中間破了一個洞的紗窗。

我看著地板上殘破的紗窗，決定先換衣服，身上的衣服不但沾滿了灰塵，褲子的膝蓋處還破了一個大洞。

隨便拿了一套衣服，我剛要脫掉上衣，發現窗戶仍大大的開著，為了鄰居眼睛的健康，我拿起衣服走進廁所，一頭撞進某個人的懷裡。

「啊啊啊……呃，你在這裡幹嘛？」

我瞪向眼前的定春。

聽到我進來也不出個聲，真是差點被牠嚇死，而且正常的故事應該是我換完衣服發現牠就在窗邊，為什麼會是在廁所呀！

定春沒有回答，只是興味盎然地盯著水龍頭，水龍頭沒有關緊，每隔幾秒就會滴出水滴，然後定春就會興奮地抖動耳朵，等待下一滴水滴下。

真搞不懂這隻貓到底在想什麼呀！

我關掉水龍頭，定春失望地垂下了耳朵。

「你來幹嘛？」我單刀直入的問。

「……是你有問題想問我吧？」

「對。」雖然我現在還沒想到要問什麼：「可是你回答的出來嗎？」

「那我回去了。」定春轉身就想走。

「好啦不要走嘛！」我趕忙拉住牠：「那隻小貓也是妖精嗎？」

「嗯。」定春瞪了我一眼：「我回答出來了。」

這很值得炫耀嗎？

我不理牠，繼續問：「那些亂七八糟的現象是牠的能力造成的嗎？」

「嗯，因為牠年紀還小，所以還不知道怎麼控制能力，不過之後我會看著牠，不會讓牠亂來的。」

「我問你，你知道有另外一個世界存在嗎？」

定春抖了抖耳朵，「死後的世界？」

「我說的是平行世界、或是只有妖精能去的世界，有這種地方嗎？」

定春打了個哈欠，「我不清楚，為什麼這麼問？」

我描述了先前看見的裂縫和人影。

「園區的空間不太穩定，其他的我就不知道了。」定春露出厭煩的表情：「先別說這些，你應該還有事要問我吧？」

「像是？」

定春轉過身狠狠地瞪了我一眼。

「像是你是個笨蛋。」定春噘著嘴，不甘不願地說：「像是……為什麼小貓會變成楠的樣子？」

我失去了笑容，感覺像是被打了一記悶棍。

「不是因為小貓讀取到我的記憶的關係嗎？」

「那是你記憶中的她嗎？」

我聽不到風聲，只聽得到她斷斷續續的聲音。

長髮在空中無聲地懸浮著，露出了潔白的耳朵。

「不是。」

為什麼、會沒有發現呢？

她對著電話呼喊的……

是我的名字。

「那個景象是真的嗎？」

「是真的。因為虎胤還是小貓，能力還不穩定，所以有可能會受到他人強烈的意志影響而變成人型。不是每個貓妖精都會變成人型，小貓在未來也許會變成人型，但那一定是屬於牠獨一無二的樣子……虎胤會變成楠，只是偶然中的偶然，我說……」

直到定春離開了房間，我都一直維持著同樣的姿勢，反覆思考定春離開前說的最後一句話。

「不要再猶豫了，去找她吧。」

我拿起手機，和以往一樣十分流暢地輸入楠的號碼，在開始猶豫前，用幾乎捏碎手機的力道重重地按下通話鍵。

嗶——

我的心跳無法抑制地加快。

「您撥的電話是空號，請查明後再撥。」

砰！手機從我手中滑落。

……結束了。

我鼓起的勇氣和這次的事件就這樣結束了。

尾聲．

事件結束了生活還是要繼續

「阿哲！薪資的資料老闆簽完了！我馬上拿去給你入帳！」

「薪資我入好了！怡君妳幫我檢查一下。」

「我檢查完了，沒問題，快拿下去給副理簽核。」

「副理簽完了，快傳真到大陸辦公室給財務長看。」

「財務長回傳了，快沖帳和開取條，已經兩點了，加緊腳步！」

「沖帳傳票已經簽完了，快拿下去給副理和老闆蓋大小章！」

「老闆，這是本月份的薪資，請您用印。」我用雙手遞出厚厚的一疊薪資傳票。

老闆接過傳票，一言不發地核對取條和傳票上的數字，異樣的沉默讓時間變得十分漫長。現在已經兩點半了，騎到銀行那邊少說也要半小時，如果人資提供的薪資明細有問題的話，可能還要回來拿更正的磁片不曉得來不來得及……

儘管目前的狀態已經十萬火急，老闆還是慢條斯理地用計算機加總數字，加到一半還發現加錯了，翻到最前面還重新加起。

「老闆，現在已經兩點四十五分了……」

老闆抬起厚重的眼皮看我，「喔，你這是在催我？」

「沒有，我只是提醒您……」

「算了、算了。」

當我以為老闆又要開始長篇碎碎唸、薪水真的發不出來、我可能會被其他人幹掉時，老闆掏出口袋裡的鑰匙打開抽屜，肥厚的手指捏起印章往取條上用力一蓋：「給你。」

這個進展太出乎我的意料之外，讓我一時間忘了伸手接過傳票。

老闆眉頭一皺，「你不是很趕嗎？」

「沒事沒事，謝謝老闆，我這就去送件。」

我完全沒想到事情會進展得這麼順利，一種超乎想像的幸福感盈滿了我的胸口。這時我已經忘了如果老闆不要看那麼久，事情可能會更順利，我現在會這麼開心完全有可能是被虐待習慣了，被施點小惠便樂得升天，這根本是斯德哥爾摩症候群的初期症狀。

我踏著雀躍的腳步跑回座位拿機車鑰匙，帶著人資要給銀行的磁片和取條往電梯衝去——就連電梯也正好停在六樓，真是運氣一旺做什麼都順利！

電梯下樓。

六樓、五樓、四樓……一路順暢。

哈哈哈！不管是妖精還是老闆都無法阻止我成功付出薪水的！怡君竟然還恐嚇我付不出薪水就死定了，哼哼哼，我才不會死呢！之前那個什麼預言會死的網站一點都不準……

碰！電梯突然一晃，我還來不及分辨是地震還是故障，就感覺到身體隨著電梯快速地往下沉。

眨眼間顯示樓層的燈號迅速地從三樓降到二樓，這種心臟跳到嗓子眼的感覺和坐海盜船的感覺非常相似，依這個速度我再眨一次眼睛電梯就要墜落了，沒記錯的話四天前我做預言死期的測驗時也是在三點左右……

靠！那個預言死期的網站不會就這麼準吧！我不想死得這麼莫名其妙呀！

彷彿上天聽見我內心中的吶喊，電梯發出巨大的呻吟晃動了一下，在二樓停止墜落，我喘了一口氣，等待電梯抵達一樓，沒想到電梯竟然出乎意料之外地開始往上爬升。

這是怎樣？想回到四樓假裝剛剛的一切都沒發生過嗎？

奈何人在電梯身不由己，電梯想怎樣就怎樣吧！就算它想回六樓我也無所謂，這次我一定會走樓梯以確保不會有任何被電梯關住的可能性，現在的當務之急就是離開這台電梯。

三樓、四樓、五樓、五樓、五樓……不會吧！電梯竟然不動了！

我狂按開門鍵、按遍所有的樓層，電梯就是一聲不吭地停留在原地，就連每台電梯必備的緊急通話鍵也毫無回應，手機也完全沒訊號，可以說是叫天天不靈，叫地地不應的狀態。

該死！所有要交給銀行的薪資資料都在我這裡呀！要是來不及在三點半前拿給銀行……想像老闆的瘋狂碎碎唸攻擊和同事怨恨的眼神，我冒出了冷汗。

「我被關在裡面了！誰來救救我呀！」

我拼命拍打電梯，喊了半天還是沒人回應，緊急通話鍵按下去仍是一片寂靜，不知道是這個鍵壞了還是警衛蹺班了，手機還是收不到訊號，我開始期望有人發現電梯壞了

把我救出來。

我抱著一絲微薄的希望呼喚定春和阿亂。

定春這時一定在睡吧？小文身處的辦公大樓不再有妖精作亂，小貓也被小文帶回家了，牠沒理由放著覺不睡大老遠跑到這裡來。

阿亂是我最後一線希望，只要她來了，我就能請她幫我發封 e-mail 告訴總務電梯壞了，這時就會有人來救我，雖然比較沒效率一點，但我還是能離開這台該死的電梯。

時間一分一秒流逝，三點了。

也許四台電梯只有這台壞了，所以才不會有人發現；也許這台電梯不只能隔音隔電訊還能隔記憶的傳送，畢竟人的記憶也是經由大腦的電流產生的酵素，手機的電磁波那麼強電梯都能隔住了，能隔住記憶也不奇怪。

看來還是得靠自己了！

我放下裝滿資料的信封，挽起袖子，看能不能把電梯門掰出一條縫，雖然大家都知道這是危險行為大朋友小朋友都不能學，但狗急尚會跳牆，人急了開一下電梯門應該也沒關係吧？

掰到手指都快斷了，電梯門終於被我打開了一個能容成人男子通過的縫隙，尷尬的是電梯恰巧停在四樓和五樓中間，往上爬有點難爬上去，往下怕會掉進電梯下面的洞摔死。

評估了一下我選擇了往上爬，踮起腳尖試著打開電梯的外門……

打、打不開呀！

不知道是踮著腳尖很難施力還是五樓的外門比較緊，我使出吃奶的力氣都還是打不開上面的門。

三點十分。

通往四樓的電梯外門在我的推擠扯掰拉下終於開了，我抓住電梯門探頭往外看去。

嗯，其實離地面也沒很遠，只是如果一個失足掉進電梯下面的洞的話……這裡是四樓，這台電梯有到B2，這樣摔下去應該會死吧、會死吧、會死吧？

之前聽說有人在電梯沒停好時衝出電梯就摔死了，之後電梯正常運作，過好幾天才有人發現電梯底下發出臭味……

想到這裡我不禁有些猶豫，我真的需要為了付薪水這麼拼嗎？應該還有別的方法吧？手機！電梯門開了就收得到訊號了吧？我怎麼這麼笨！打電話叫人來把資料帶去銀行就好了呀！

我掏出手機，果然門打開了訊號就收得到了，我馬上撥電話給怡君。

嘟、嘟、嘟。

「阿哲。」

有人從後面推了我一下。

我跌出電梯外，往下墜落。

杜瑋哲，你的死亡時間是　現在。

距離你的死亡時間還有零天。

「喂，我問你，你覺得這個世界上所有的問題都是有解答的嗎？」

我和楠並肩走進校門。

濃濃的海潮味撲面而來，柏油路在太陽下看起來好像快融化了，蒸出的柏油味和海潮的鹹味，混合成海風的味道。

「……有吧？」我想了一下回答，天氣一熱我總是昏昏沉沉的：「如果沒有答案的話，那種感覺不是很討厭嗎？」

「怎麼說？」楠問。

「嗯……舉例來說，小說或電影要是埋了伏筆，讓讀者期待謎題能解開，結果一直到了結局那個伏筆都沒有解開，感覺不是很差勁嗎？搞不好作者根本忘記有這件事了，結果讀者在那邊在意的要死，感覺超討厭的。」

行走間她的手有一下沒一下地碰到我的手，讓我的心跳忽快忽慢。

「可是在生活中不就是這樣嗎？」她愉快地說。

在矮矮的磚牆外就是海，太陽很大，反射在海面上形成一道耀眼到不能直視的光之道路，我和她都瞇起了眼睛，正午的太陽讓我們的影子都變得小小的。

「如果你在夜空看到了不規則跳動的光點，你會想知道那是不是幽浮，但你可能一輩子都不知道那是什麼；或是走在路上有人跟你打招呼，但你怎麼想都想不起那是誰，而你有可能一輩子都不會再遇到那個人了，這些不都是永遠解不開的伏筆嗎？」

我低頭聽她說話，鼻尖充斥著洗髮精的香味，還有淡淡的汗味和防曬油的味道，我突然有一股衝動想牽住她的手，她卻兩手拉直伸了一個大大的懶腰。

「可是這些都可以有答案呀。」

「不過你永遠都不會知道。」她說：「還有一些事是沒有答案的呀……像是隔壁班的女生為什麼老是要偷看你，你不知道她到底是喜歡你還是你忘了拉拉鍊，還有你永遠不會知道……」

她突然踮起腳尖親了我的臉頰一下，然後用裝有原文書的書包敲打我的屁股。

「像是……我為什麼要親你？」

她對我作了一個鬼臉，大笑後轉身跑開。

那是一個很糟糕的鬼臉，彎彎的眼睛裡全是盛不住的笑意，一點都不嚇人。

我看著她往前跑去，馬尾隨著腳步左右跳動，一整片閃耀著陽光的海洋就在她的身旁，即使如此，她的身影依舊耀眼得不可思議。

「等等我……」

在邁開腳步的瞬間，我有些疑惑，我不是掉下電梯了嗎？為什麼我會在這裡？

楠發現我沒跟上來，停下腳步對我大喊。

「你不會跑不動了吧？你這個弱雞！」

陽光好大，我睜不開眼睛，毫無遮蔽的手臂在陽光下像是要燒起來那般灼痛，汗溼的手上還留有一根她掉落的長髮，這一切比以往的夢都更加的真實。

如果不是夢的話，為什麼我會看見如此真實的她？

傳說中人在死前會見到最思念的人，難道說……

我真的死了？

如果我死了，那她……

「阿哲，你發什麼呆？」楠有些不高興了，站在原地向我伸出一隻手：「過來。」

「妳是真的嗎？」這句話忽然脫口而出。

楠不如我預期般露出困惑的表情，反而像是無所謂般聳了聳肩膀。

她大概沒聽清楚我說什麼吧。

我也聳了聳肩。

「沒事，我大概熱昏頭了。」我說。

楠搖頭，「那、阿哲你說……我是真的嗎？」

「我、我……」

『我是開玩笑的』這幾個字在我嘴裡翻來覆去怎麼都說不出口。

楠就那樣站在幾步之遠的地方，看著我急著分辯又說不出話的模樣，唇邊掛著說不清是什麼意思的古怪微笑。

「我開玩笑的。」她說，但是她臉上的表情一點也不像開玩笑，「你還沒回答我……你的夢想是什麼？」

「楠，我……」

在回憶中有這樣的對話嗎？這真的是回憶嗎？還是夢？這裡到底是……

「這裡不是現實世界，你應該知道吧？」楠冷冰冰地說：「我想你已經知道了，現實世界的你摔出電梯，正在往下墜落，沒有意外的話，幾秒鐘後你就會死。」

我彷彿被拳王泰森來了一記上勾拳般呆愣地站在原地。

這絕對不是回憶中的一部份，回憶中的楠不可能說出這樣的話。

「阿哲，你的夢想應該不是像這樣為了工作、毫無價值的死去吧？」

「當然不是！誰會夢想這樣死呀？」我大吼道，累積了數日的怒氣一次爆發出來：「我再努力還不是拿到一樣的薪水？我拼了命想把事情做好又怎樣？錢會變比較多嗎？如果我就這樣為了付薪水而摔死了？會有人覺得我是為了公司鞠躬盡瘁死而後已嗎？只會覺得這人怎麼這麼衰小和之後不敢搭那部電梯了吧？誰會想這樣死去呀？」

「那你的夢想到底是什麼？」楠固執地問。

「我不知道、我忘記了、我不敢去想！」我像嘔吐般地吐出這些字眼：「可是這個工作不是我的夢想又怎麼樣？我只是想把能做的事做好！」
「你都沒有變呢……老是這麼拼命。」楠的聲音出現了一絲暖意：「可惜常拼命錯方向。」
「妳……這裡到底是哪裡？妳說這裡不是現實世界？那這裡是哪裡？」我艱難地問：「妳真的是楠嗎？」
「……你不認得我了嗎？」
楠的眼眸中閃過一絲水光。

「阿哲！你沒事吧？躺在那裡做什麼？薪水還沒付竟敢安心地躺在那裡。」
怡君擔憂的聲音從頭上傳來——至少前半部很擔憂——我想這應該是幻覺吧？我現在應該躺在電梯通道的底層，這裡誰都不會來，我也只剩半口氣，不再需要擔憂薪水的事。
「你是被哪個美眉推倒了？有這種好事怎麼不揪一下？」阿德沒良心地說。
「你死了的話就說一聲，死透了就繼續躺著。」克拉拉陰陽怪氣的聲音接著說道。

聽到這裡我終於忍不住了。

「怡君，謝謝，我沒事。阿德，我看起來像被推倒嗎?推倒我的美眉在哪裡?克拉拉，死人不管死透了沒都不會說話。」

我一睜開眼睛，就看見定春以大字型攀爬在電梯的頂部，看來定春在最後一刻救了我，沒讓那個該死的預言成真。

「竟然還有力氣吐槽，那你就自己爬出來去銀行送件好了。」怡君說。

「什麼銀行……對了!薪水!會不會來不及付?」我馬上跳起來，幸好薪資的袋子沒有隨我一起掉出電梯外。

電梯在五樓的外門只開了一條四十公分不到的縫，雖然沒辦法讓我通過，但還是足以讓我把裝薪資的信封遞到他們面前。

透過小小的門縫，我看見阿德猶豫了一下，求助地看向怡君和克拉拉，結果接受到怡君的白眼和克拉拉的拉耳朵攻擊。

「就交給我吧!」阿德沉痛地接過信封。

「快去快去！」怡君推了阿德一把。

「你們怎麼知道我被關在這裡？」我問。

「收到了一封e-mail說有人被關在電梯裡，邊求救邊大喊薪水可能付不出來，算一算時間覺得可能是你，就來找你了。」怡君說。

e-mail……看來阿亂聽見了我內心的吶喊。

「電梯好像還沒修好，你先待在裡面等一下，我先去打電話給銀行，跟他們說薪資的資料會晚一點送去。」怡君說。

「會害怕的話，尖叫也沒關係喔。」克拉拉揮揮手，也消失在電梯門外。

「定春你怎麼會來？」

「阿亂通知我。」定春補充：「我之前和阿亂交換過MSN。」

現在的妖精這麼先進真是太好了。

「你之前不是告訴過我你被預言會死嗎？我很在意，在意得都睡不著了。這很難得

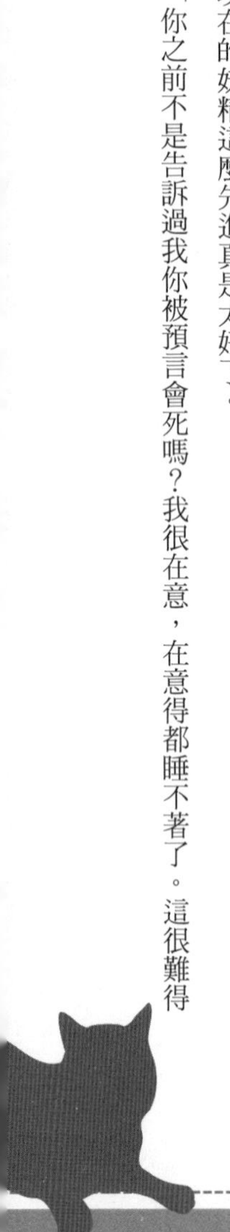

喔……貓這種生物基本上是沒有失眠這回事的。」定春打了個哈欠：「對了，你要阿亂查的事她查出來了。」

我來公司時請阿亂查查摻老闆網站和死期預言網站，後來一陣兵荒馬亂也就忘了這件事，沒想到阿亂動作還真快。

「阿亂說……」定春死皺著眉頭，像背書一樣背出一連串的話：「摻老闆網站只是個網站，架網站的人和我們住在同一個都市；預測死期的網站是普通的測驗製作網站做出來的，後來不知道是誰去改了程式，只有輸入你的名字作測驗時才會開始倒數。喔，她還說摻老闆網站有殘留一點妖精的氣息，但不知是從哪裡來的，預測死期的網站也一樣，有妖精光顧過。」

我想提出問題，才剛動了動嘴，定春就射來殺人的眼光。

「我只負責傳話，不要問我。」

「阿亂怎麼不自己過來？」

天知道我有好多問題想問她，這些亂七八糟的事說不定連阿亂自己來說也說不清

楚，透過定春的嘴就更難懂了。

「她說查這個很耗精神，要休息。」定春委屈地說：「阿亂一傳訊息我就用最快的速度趕來了，我也好想休息。」

「幸好你的速度夠快，搞不好再晚個幾秒我就完蛋了。」

「一定來得及。」定春肯定地說：「我沒預測到你會死。」

「你的預感一定準確嗎？」

定春點頭，「我們所預視到的事一定會發生，一般來說我們不會去干涉即將發生的事，如果要改變預視到的命運，就要付出代價。」

這就奇怪了，死亡預言指出我在這個時間可能會掉下電梯摔死，但預言並沒有預測到定春會來救我。

依定春的說法，預言或預視都是不可改變的命運。我現在被定春所救是事實，所以真正的預言應該也會預測到定春會來救我，那麼我會死這個預言就不成立了，難道說……

預言我會死的人其實沒預測到我的死期，而是那個人打算在預測的時間置我於死地？

預言我會死的「人」和推我下電梯的「人」其實是同一個？

搞什麼呀！先說我會在某某時間會死，然後在某某時間跑來推我，這根本不是預言而是殺人宣告吧！

「話說回來，你到底是怎麼摔下來的呀？」定春問完又打了個哈欠。

「有人推我……」一直閉著眼睛加上定春不斷打哈欠，害我也睏了起來，腦袋變得模模糊糊的：「在那之前，好像有人叫了我名字。」

在無人的電梯之中，有人來到我身後，在我耳畔，輕聲呼喚我的名字。

「阿哲。」

那是許久未曾聽過的聲音。既陌生，又熟悉。我不明白那個人為什麼會出現在這裡，而非在夢中，但那耳語是如此的清晰，我甚至能感覺到那人呼喚我時吹在我頸後的熱氣。

在回頭看清之前，有人從背後將我推出電梯。

「有人推你？我來的時候電梯裡沒有別人。」定春有些疑惑。

「我搭上電梯時電梯也沒有別人。」我說。

「雖然說電梯沒人，但仔細想想，那時電梯裡好像有股淡淡的妖精的味道。」

我怎麼聞到了馬後砲的味道？

「等等，先別管這個，小貓……」我費了一點時間才想起小貓的名字：「虎胤還好嗎？有再瞬間移動過嗎？」

「瞬間移動？」定春的聲音聽起來很驚訝：「貓妖精怎麼可能會瞬間移動呀？」

虎胤曾從我眼前消失過兩次，瞬間移動到別的地方，但這都是在這棟大樓發生的事；阿亂也是在這裡誕生的；還有更早以前，和我相貌相同的妖精，也是在這裡的頂樓誕生的……它們之間唯一的共通點是地點，所有的事件全都是在園區內發生的。

所有的線索全都糾纏在一起，真相仍在迷霧之中。

我不想想了，有好多不明白的事我的頭痛得要命，我努力撇開腦中那堆亂七八糟的

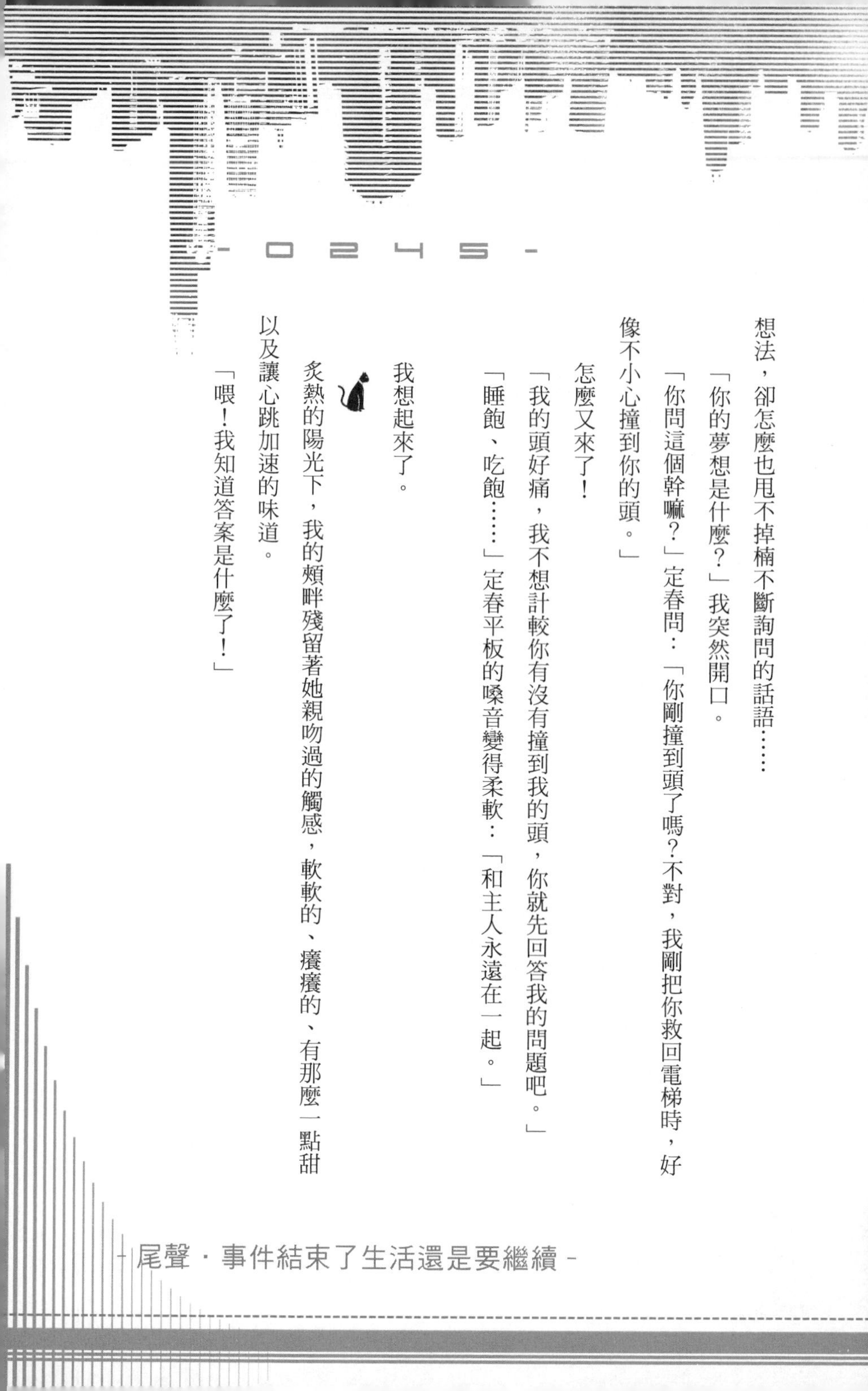

想法，卻怎麼也甩不掉楠不斷詢問的話語……

「你的夢想是什麼？」我突然開口。

「你問這個幹嘛？」定春問：「你剛撞到頭了嗎？不對，我剛把你救回電梯時，好像不小心撞到你的頭。」

怎麼又來了！

「我的頭好痛，我不想計較你有沒有撞到我的頭，你就先回答我的問題吧。」

「睡飽、吃飽……」定春平板的嗓音變得柔軟：「和主人永遠在一起。」

我想起來了。

炙熱的陽光下，我的頰畔殘留著她親吻過的觸感，軟軟的、癢癢的、有那麼一點甜以及讓心跳加速的味道。

「喂！我知道答案是什麼了！」

她停下腳步，馬尾也不再甩動，失去遮蓋的雙耳紅通通的。

「什麼答案？」她不肯轉頭，耳朵變得更紅了。

「妳為什麼要吻我的答案……」我深吸了一口氣：「答案是——我喜歡妳！我想要和妳一直在一起！」

「這跟我親你有什麼關係，你、你、你……胡說八道。」楠結結巴巴地回道。

「妳剛剛親我不就是在對我告白嗎？」我厚顏無恥地說。

「你、你、你、你、你……你無恥、你……你走開啦！」她拔腿就跑。

「喂！別跑呀！我們永遠在一起好不好？妳就實現我這個夢想吧！」

這就是我遺忘的答案，好奇怪，這樣的事，不管怎麼樣都不應該忘記的呀！

她奔跑時跳動的馬尾、搖晃的裙襬、咖答咖答踩在地板的涼鞋……全都深深的印在我的腦海裡，就連腳邊的影子、冒著熱氣的柏油路以及從旁邊的呼嘯而過的機車都還記得，我也許遺忘了當時的勇氣，為什麼會連這個也遺忘呢？

我曾經是這樣喜歡著她呀！

為什麼、那時候會想和她分開呢？

我怎麼想也想不出來為什麼，繼續深入思考腦袋就開始隱隱作痛。夢中的楠仍在往前奔跑，離我越來越遠。

過去的我追上去拉住她的手，我還記得，她的手小小軟軟的，即使在大熱天也顯得冰涼。

那時的我什麼都不知道，只能任由她紅著臉掙扎，等她掙扎累了，再把她抱入懷中，把嘴唇貼在她汗濕的額頭上。

「不可以忘記這一刻喔。」很久以後，她說。

「我才不會忘記。」我說。

——End。

註解

註1：在《七龍珠》中，旁白說：「納美克星再過五分鐘就要爆炸了！」，結果過了好幾集納美克星都還沒爆炸，和《灌籃高手》的「距離比賽結束只剩下三十秒」皆被列入動漫史上十大謊言。

註2：《銀魂》針對動漫中的的角色在使出必殺技前都要喊出一些令人害羞的台詞的惡搞。

註3：MIS：MIS（Management Information System）資訊管理系統。專職維護MIS系統運作的資管人員被稱為MIS工程師，有時會直接用MIS來簡稱這些辛苦的工程師。

註4：這個網址現實世界不存在，但類似的小遊戲是真實存在的。

後記・

大家久等了，在此獻上都市貓第二集。

開始當上班族之後，我就想試著寫寫上班族的生活。所以本集的主要舞台是在辦公室，阿哲的主要任務不是拯救園區免於爆炸——喔、這個上一集做過了——而是想辦法在期限內成功的把薪水付出來。

我想對於大多數的上班族來說，每個月時間一到薪水自動會進來，自然的跟呼吸沒什麼兩樣。但對於負責付款的部門來說，付薪水是每個月最重要的任務之一，每次付薪水都會如臨大敵。

在付薪水的流程中，負責付錢的人想辦法收集無數的簽核和最後的蓋章，這個流程超級像在跑遊戲的任務，要和指定ＮＰＣ交談或是收集過關道具，最後才能完成任務。付薪水這個任務不但有時間限制，還無法使用 LOAD 大神，而且這個任務不只關係到自己的錢包，還關係到全公司的人的錢包，實在是任重而道遠呀！

阿哲這次面對的就是這樣的難題。不只要解決人為因素，還有妖精跑來搗亂，熱愛解說的「貓」又消失了，只剩下什麼都不懂的定春，究竟阿哲要怎麼用吐槽解決事件，讓我們繼續看下去……不過這裡是後記，應該大家都看完了吧？

本集也出有不少新角色登場，大部份都是阿哲的同事，公司裡的大頭目—老闆也在此登場。另外，虎胤在這集也正式登場了！可惜這次因為字數爆表所以無法加入超級喵喵生死鬥，有興趣看看貓咪們的盧山真面目的朋友可以上我的 BLOG 看看，雖然超級喵喵都沒在更新就是了（被打）。

因為字數爆炸的關係，有一篇以小文為主要視點的番外篇沒辦法放上來，其中揭露了定春為什麼需要這麼多零食的真相，希望這篇番外能在第三集登場。

感謝編輯大人的包容和董大哥的指導，我會好好加油。也感謝 Nekoif 美麗的插畫，每次都很期待看到插畫，能看到自己的作品被圖像化真的是一件很棒的事。

最後要感謝親愛的讀者們，希望你們能喜歡這個故事，若能博君一粲就更好了。

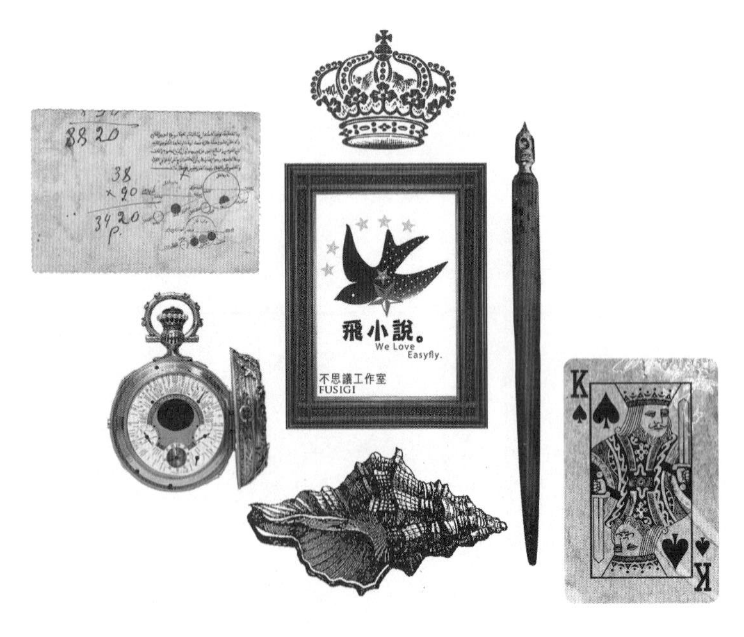

不思議工作室

「年輕、自由、無極限」的創作與閱讀領域

為什麼提到奇幻的經典，就只會想到歐美小說？
為什麼創意滿分的幻想作品，就只能是日本動漫？
為什麼「輕小說」一定要這樣那樣？

站在巨人的肩膀上，是為了看得更遠。
讓我們用自己的力量，打造屬於自己的文化！

不思議工作室，歡迎各式各樣奇想天外的合作提案。
來信請寄：book4e@mail.book4u.com.tw

不論你是小說作者、插圖畫家、音樂人、表演藝術工作者……
不管你是團體代表，還是無名小卒。
不思議工作室，竭誠歡迎您的來信！
官方部落格：http://book4e.pixnet.net/blog

☞您在什麼地方購買本書？☜

☐便利商店＿＿＿＿＿☐博客來　☐金石堂　☐金石堂網路書店　☐新絲路網路書店

☐其他網路平台＿＿＿＿＿☐書店＿＿＿＿＿市／縣＿＿＿＿＿書店

姓名：＿＿＿＿＿地址：＿＿＿＿＿＿＿＿＿＿＿＿＿＿＿＿＿＿＿＿＿＿＿＿＿＿

聯絡電話：＿＿＿＿＿電子郵箱：＿＿＿＿＿＿＿＿＿＿＿＿＿＿＿＿＿＿＿＿＿＿

您的性別：☐男　☐女

您的生日：＿＿＿＿＿年＿＿＿＿＿月＿＿＿＿＿日

（請務必填妥基本資料，以利贈品寄送）

您的職業：☐上班族　☐學生　☐服務業　☐軍警公教　☐資訊業　☐娛樂相關產業

☐自由業　☐其他＿＿＿＿＿＿

您的學歷：☐高中（含高中以下）　☐專科、大學　☐研究所以上

☞購買前☜

您從何處得知本書：☐逛書店　☐網路廣告（網站：＿＿＿＿＿＿＿）　☐親友介紹

（可複選）　☐出版書訊　☐銷售人員推薦　☐其他

本書吸引您的原因：☐書名很好　☐封面精美　☐書腰文字　☐封底文字　☐欣賞作家

（可複選）　☐喜歡畫家　☐價格合理　☐題材有趣　☐廣告印象深刻

☐其他＿＿＿＿＿＿＿＿＿＿

☞購買後☜

您滿意的部份：☐書名　☐封面　☐故事內容　☐版面編排　☐價格　☐贈品

（可複選）　☐其他

不滿意的部份：☐書名　☐封面　☐故事內容　☐版面編排　☐價格　☐贈品

（可複選）　☐其他

您對本書以及典藏閣的建議＿＿＿＿＿＿＿＿＿＿＿＿＿＿＿＿＿＿＿＿＿＿＿＿＿

＿＿＿＿＿＿＿＿＿＿＿＿＿＿＿＿＿＿＿＿＿＿＿＿＿＿＿＿＿＿＿＿＿＿＿＿＿

＿＿＿＿＿＿＿＿＿＿＿＿＿＿＿＿＿＿＿＿＿＿＿＿＿＿＿＿＿＿＿＿＿＿＿＿＿

✌未來您是否願意收到相關書訊？☐是　☐否

✌感謝您寶貴的意見✌

✌From＿＿＿＿＿＿＿＿＿＿＿＿@＿＿＿＿＿＿＿＿＿＿＿＿＿＿＿

♦請務必填寫有效e-mail郵箱，以利通知相關訊息，謝謝♦

印刷品

請貼
3.5元
郵票

235 新北市中和區中山路二段366巷10號10樓

華文網出版集團 收

（典藏閣－不思議工作室）

都市貓/微風婕蘭作. 一 初版. --新北市：
華文網，2011.07-
冊； 公分. --(飛小說系列)
ISBN 978-986-271-107-1(第2冊：平裝). ----

857.7 100010684

飛小說系列008

都市貓02-夢想・混亂・上班族

出版者■典藏閣
作　者■微風婕蘭　繪　者■NekoiF
總編輯■歐綾纖
製作團隊■不思議工作室
郵撥帳號■50017206 采舍國際有限公司（郵撥購買，請另付一成郵資）
台灣出版中心■新北市中和區中山路2段366巷10號10樓
電　話■(02)2248-7896　傳　真■(02)2248-7758
物流中心■新北市中和區中山路2段366巷10號3樓
電　話■(02)8245-8786　傳　真■(02)8245-8718
ISBN■978-986-271-107-1
出版日期■2012年1月

全球華文國際市場總代理／采舍國際
地　址■新北市中和區中山路2段366巷10號3樓
電　話■(02)8245-8786　傳　真■(02)8245-8718

新絲路網路書店
地　址■新北市中和區中山路2段366巷10號10樓
網　址■www.silkbook.com
電　話■(02)8245-9896
傳　真■(02)8245-8819

線上總代理：全球華文聯合出版平台
主題討論區：http://www.silkbook.com/bookclub　◎新絲路讀書會
紙本書平台：http://www.silkbook.com　◎新絲路網路書店
瀏覽電子書：http://www.book4u.com.tw　◎華文電子書中心
電子書下載：http://www.book4u.com.tw　◎電子書中心（Acrobat Reader）